KB206411

파이게임
PIE GAME

게임 3부작

2

배진수 만화

일러두기 만화적 표현을 재미있게 살리기 위해 저자가 일부러 틀리게 사용한 맞춤법 및 띄어쓰기가 있습니다.

PIE GAME 2

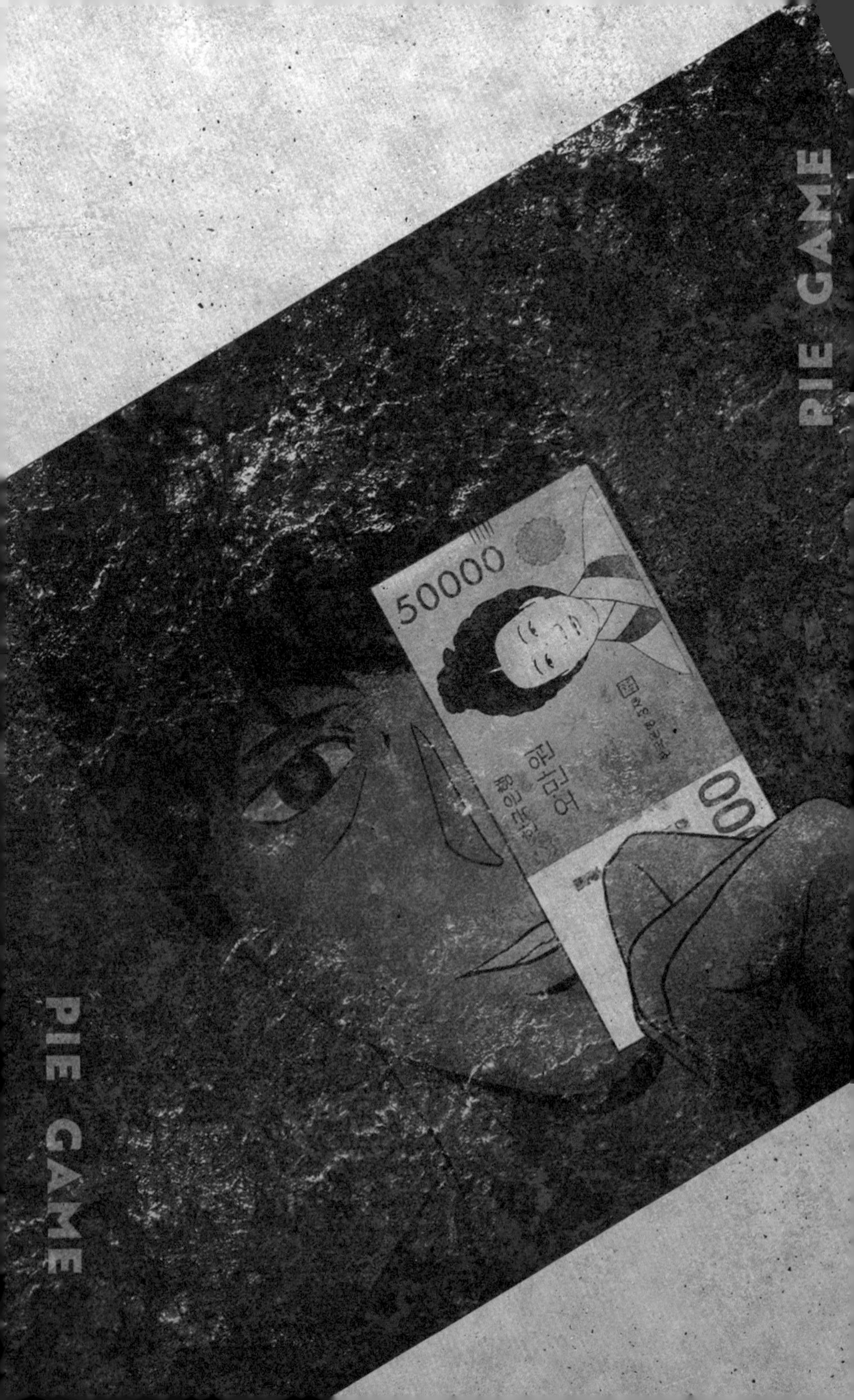
PIE GAME
50000
PIE GAME

파이게임
PIE GAME

#16

"동족격투 vs 이족격투"

어떻게 생각하세요?

그 편이 시간 벌이에도 더 좋을 것 같은데.

맞지 않나요 제 말?

……이미 다 알고 있었군요

7층은, 가끔이긴 하지만 날카로운 통찰을 보일 때가 있다.

계속 이유 없이 시간 늘어나면…

영원히 못 나가는 거 아녜요? 여기서?

뭔가 잘못하고
있는 거 아닐까요?

시간, 언젠가부터
안 느는 것 같은데.

같은 시간 들여 물건 사는 거면,
윗층이 돈 더 많이 쓰는 거잖아요.

겉으로 보이는 이미지는,
전형적인 세상물정 모르는
부잣집 외동딸st. 지만

꼬까옷 上 좋아욧!

'겉으로 봐서'
그 사람의 무엇을
알 수 있단 말인가.

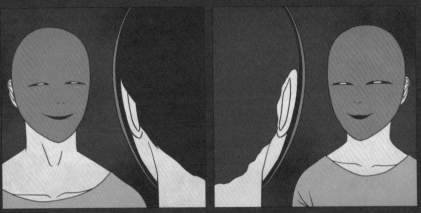

우리 모두 알고 있지 않은가. 사람이 사람을 대할 때 보여주는 건
상황에 맞춰 지은 표정과 몸짓뿐이란 걸.

나의 '진짜' 표정은

사람이 아니라 사물 앞에서만
드러나는 것이란 걸.

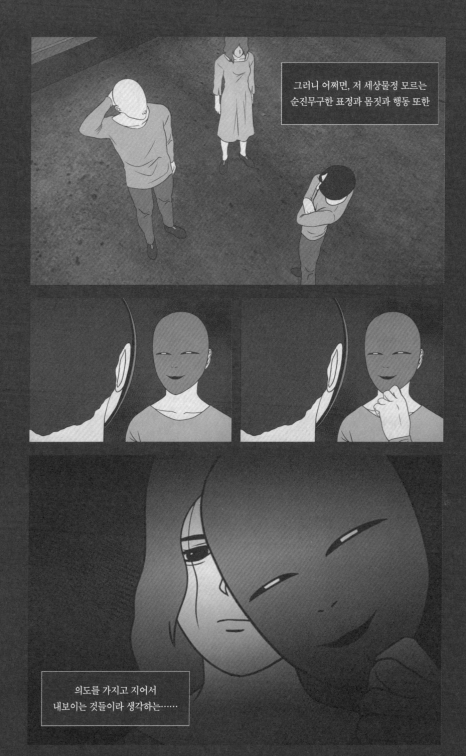

처음으로 마음에
드는 말했네.

그렇잖아도 너희 둘,
상담 좀 해주려고 했었거든.

……근데.

너, 뭐…단증 같은 거 있어?
운동 배운 거 있냐고.

운동요?

안 했는데요…
암것도……

시X. 그럼 대련이
아니라 걍 패는 거잖아.

개. 멋지다. 저 근육대머리 상대로 저런 여유라니.
유단자가 아니라면 감히 치지 못할 멘트.

이번엔 봐줄 테니까
꺼져 그냥.

그리고 7층 년
애완동물 관리
똑바로 하고

나…
나도 안 해요.

엄마가, 여자랑 싸우면
꼬추 떨어진다 그랬어요.

너.

뭐라 그랬냐
지금.

에~~'호모 사피엔스'란 단어, 익숙하죠?

현생인류를 가리키는 말로, 에~ '지혜가 있는 사람' 이라는 뜻입니다.

Homo sapiens : 슬기사람

대략 5만 년쯤 전 번성해 후기 구석기 문화를 발전시켰는데…

에에~ 직립보행을 했고, 언어와 도구를 사용한 인류라는 점에서 착안, '지혜' 라는 접두사를 붙여준 거죠

그리고 물론, 그 후로도 인간은 성장과 진화를 계속했으니.

인류를 칭하는 또다른 별칭들도 계속 생겨났는데…

에~~ 그러니까~~~

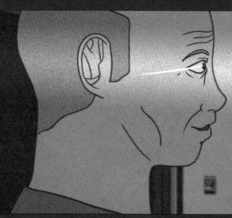

거기 젤 뒤에!
머리박고 책만
보는 학생!

얼. 네.
교수님.

안 잤습니다.

학생은, '호모 루덴스'가
인류의 어떤 특징을 짚어낸
학명인지 알고 있나요?

호모 루덴스(Homo ludens).
유희하는 인간.

땐쓰땐쓰!

놀이는문화의하위개념이나일개요소가아니라
애초에이둘은딱잘라구분할수없는하나의개념으로
보는게옳기에인류문명의정수인문화는결국놀이를
통해생겨나고보완됐느니어쩌니……

라는둥 어려운 설명을 들었던것도 같지만.

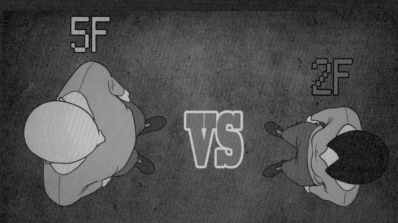

쉽게 말하자면, 유희를 지향하고 갈구하는 건 인간의 강렬한 본능이라는 것.

두근두근

두근두근

2400g

그런 의미에서 보자면
조금은 납득할 수 있다.

변태적이고 비상식적이라
여겼던 유희에 대한
저들의 끝없는 집착은,

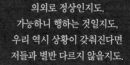

의외로 정상인지도.
가능하니 행하는 것일지도,
우리 역시 상황이 갖춰진다면
저들과 별반 다르지 않을지도.

다시 한번 묻는데…
나 책임 안 진다?
어떻게 돼도?

괜찮아요.
내가 살살 할게요.
진짜 살살……

그래? 그럼
부탁할게.

쫌만 살살해…

쥐.

이종은 언제나
동종보다 재밌다.

16

동종격투 보다는 이종격투가 더.

동족격투 보다는 이족격투가 더.

동성격투 보다는 이성격투가.
물론 더.

비대칭 전력으로 예측 불가한 싸움을 벌이기에, 무조건 더. 재밌다.
심지어 이 요소를 종합해내면

윔블던 단/복식
9회 우승에 빛나는
테니스의 제왕!

과

동계올림픽 3연속
금메달에 빛나는 빙산의 신!
쇼트트렉의 여제!

가

수백억 상금을 걸고
데스매치를 벌입니다!

* 놀랍게도 실제 구상중인 작품입니다.

그러니 같은 이유로 2층과 5층의 싸움 역시
'너무나' 재미있을 수밖에 없다.

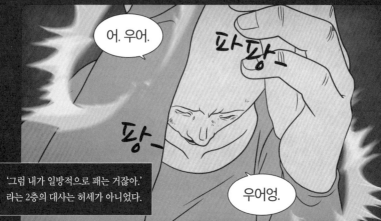

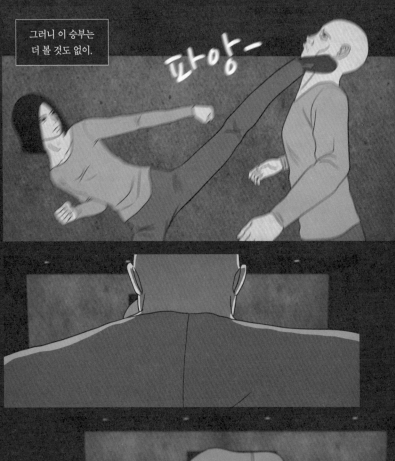

쿠웅-

미친.
영화임?

하 씨…… 이래서
안 하려고 했던 건데.
쪽팔리게

2층의 기술과 경험은 인정하지만
5층의 체격과 근력을 압살할 수 있다는
확신이 들지는 않았었다.

하지만 그래. 상대도 안 된다. 잠깐 잊었었다.
어떤 분야에서든, 프로라면 일반인이 감히 범접하지 못할 경지에 올라있단 걸.

그리고… 심지어 여자한테 졌으니까

어떡하지? 진짜 꼬츠 떨어지겠네.

어……

어?!

떨어지면 안돼!!!!

뭐야. 갑자기.

호오 맷집.

영화처럼 쓰러졌다가
만화처럼 회복했다.

떨어지면……

떨어지면!

그러니까 이건, 그거다.
비로소 이종과 이성의 격투를 넘어

개 VS 인간의
이족격투가
완성된 것이다.

파이게임
PIE GAME

#17

"머니게임보다 무서운 이유"

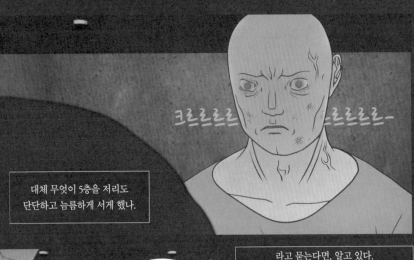

크르르르르 ㅡ르르르르ㅡ

대체 무엇이 5층을 저리도
단단하고 늠름하게 서게 했나.

라고 묻는다면, 알고 있다.
사랑이다. 같은 말로는, 정욕이다.

5층 님 힘내요!

호오…섰어?
이젠 진짜 안 봐준다?

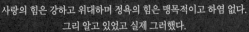

사랑의 힘은 강하고 위대하며 정욕의 힘은 맹목적이고 하염 없다.
그리 알고 있었고 실제 그러했다.

그러니…… ㄹㅇ실화냐?
진짜 세계관 최강자들의
싸움이다.

꿀꺽-

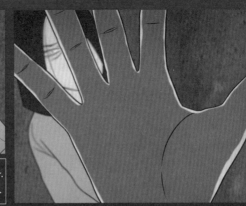

그 찐따 같던 5층이 맞나? 가슴이 웅장해진다.
어그로 끌 필요도 없이, 이건 안 보면 손해다.

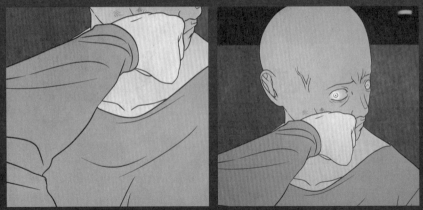

이 장면으로 깨달았다. 어쩌면 5층의 능력치를
잘못 해석하고 있었을지도 모른단 걸. 겉으로 보이는 그의 스탯은

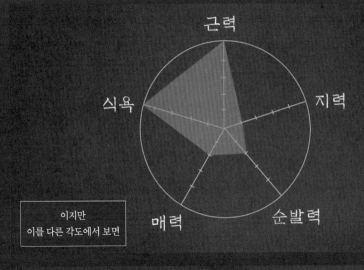

이지만
이를 다른 각도에서 보면

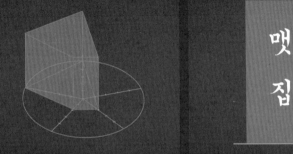

압도적 중량차와 근력차에 러브러브 버프가 더해진. 맷집.

2층의 공격은 예리하고 날카로웠다.
그녀가 가진 검은 그러니

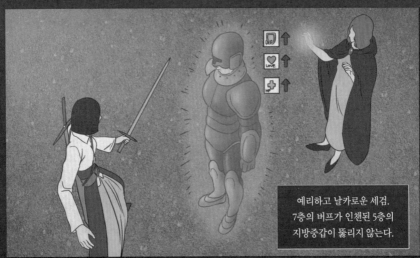

예리하고 날카로운 세검.
7층의 버프가 인챈된 5층의
지방중갑이 뚫리지 않는다.

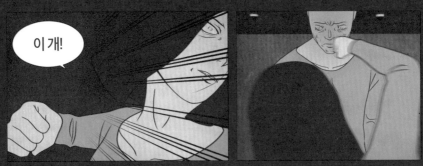

이 개!

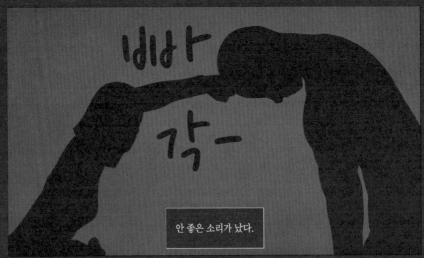

안 좋은 소리가 났다.

크윽…

크윽…

다급해져 실수했다.
균열에 균열이 더해져
검은 부러졌다.

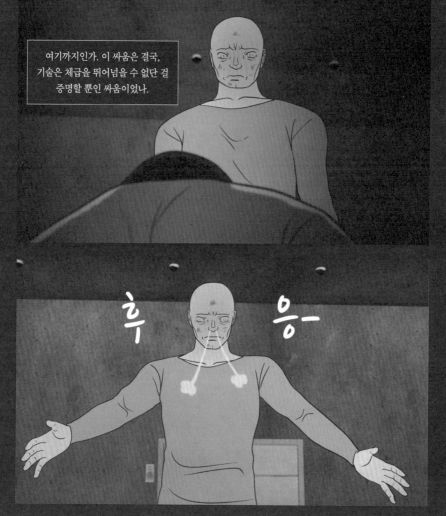

여기까지인가. 이 싸움은 결국,
기술은 체급을 뛰어넘을 수 없단 걸
증명할 뿐인 싸움이었나.

후

응-

후으으으읍—

온다.
풀 악셀.

8톤 트럭.

빤짝-

끼야아악!!!

높은 옥타브의 절규가 광장 가득 울려퍼진다.

끼야아아아아아악!!!!

하지만 그 소리의 주인은 2층이 아닌

꼬이에에엑!!!!

으허엉훨엉
엄마······

2층의 선언대로. 5층은,
그녀의 손… 아니 발에,

파이 동물병원

TNR 당했…는진 모르겠지만
여튼 게임은 끝났다.

으 으아…

故 자.

으 으아…

고 者.

쳇

2층은 급소 공격으로 다운시킨 걸
조금 찝찝하다 여기는 것 같았지만.

이종, 이성, 이족 격투에서 무규칙은
그야말로 풍미를 살리는 조미료. 빠져선 안 될 흥행요소.

*상상속 이미지입니다.

그리하여 주최측이 보시기에도
매우 좋았다 하더라.

3일이 지나
게임 시작 39일째.

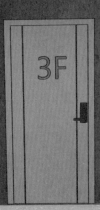

여러 좋은 소식과
하나 안 좋은 소식이 있다.

좋은 소식을
먼저 전하자면

엄마…흐엉……

2층의 시원한 서열 정리로
머머리가 더이상
까불지 않게 되었단 것.

또, 상금이 1억을
돌파했다는 것.

그중 가장 좋은 소식은,
더이상 쓰레기 처리반 역할을
맡지 않게 되었단 것.

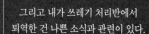

그리고 내가 쓰레기 처리반에서
퇴역한 건 나쁜 소식과 관련이 있다.

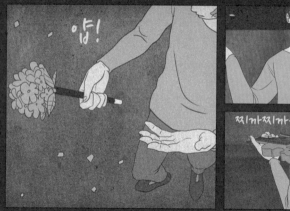

얍!

깨끗하죠? 푸핫─

찌까찌까─

진실은 전파되었고, 눈속임은 끝났다.
저런 '시시한' 오락거리 따위에 주최 측은 더이상 호의를 보여주지 않았다.

후우─

가볼까……

참가자 7인 총출동
원탁 없는 원탁회의.

37:19

대책 회의라곤 하지만. 마땅한 대책
같은 건 없단 건 모두 알고 있다.

선택지는 명료하다.
'즐거움'을 주고 상금을 얻느냐, 상금을 포기하고 몸을 지키느냐.

참······

잔인한
게임이네요······

전 게임도 물론
가혹하긴 했지만···

그래도 참가자들이
주최 측 의도에 맞설 수 있는
방법은 있었다고 생각해요······

하지만
이 게임은…

그래. 이 게임은 아니다.
결정적으로 유지 조건이 다르다.

머니게임은 종료 시점이 명확히 정해져
있는 게임이었다. 그건 강렬한 희망이었다.
종료할 수 있다는, 졸업할 수 있다는, 제대할 수 있다는.

44,800,000,000

하지만 이 게임은 아니다. 참가자들 스스로가 그 시점을 정해야 한다.

그 시점을 늦출수록 상금은 쌓이겠지만
그 선행조건이란 게 너무나도 비인간적이며 비문명적이다.

순진한 생각이었다. 이 게임은 애초에 내부결속이 불가능한 구도.
상호파괴만을 목표로 짜여진 룰.

1억 달성!

이쯤에서 끝내는 게 어쩌면,
아니 당연히, 현명한 판단 아닐까.

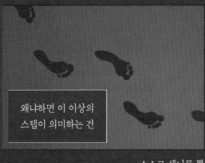

왜냐하면 이 이상의
스텝이 의미하는 건

스스로 생니를 뽑는 일종의 자가수술
스스로 바퀴에 깔리는 일종의 자해공갈.
스스로 배에 칼을 꽂는 일종의 자살시도……

하지만!!!!

다 알고 온 거잖아요!!!

이 게임이 원하는 게 뭔지
나도 안다구요……계속 하다간
다치고 째지고 부러지고, 어쩌면
장애를 입을 수도 있단 거…

근데 그거 아세요?

보험사에서 광고하죠?
장해판정 시 보상금
수억 준다고

보 험 약 관

도 솔 생 명

아뇨! 그 정도 받으려면
평생 제대로 거동도 못 할
중증이어야 해요.

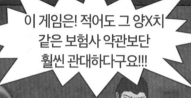

이 게임은! 적어도 그 양X치
같은 보험사 약관보단
훨씬 관대하다구요!!!

틀린 말은 아니다.
이 게임은 압도적으로 잔인하지만, 보상 또한 압도적으로 너그러우니.

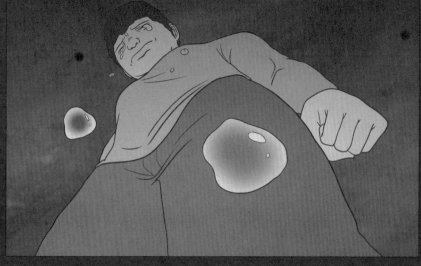

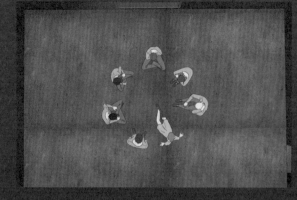

36:58

진행은 너무 두렵고,
포기는 못내 아쉽다.

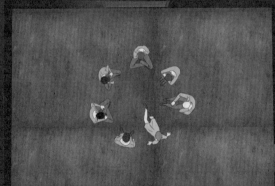

36:57

누구도 의견 내지도
결정 내리지도 못한 채
침묵만 계속된다.

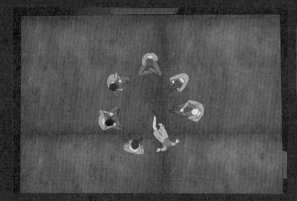

36:56

째깍째깍.
째깍째깍.
째깍째깍.

들릴 리 없는 초침의 환청만.

계속.
계속.
계속.

파이게임
PIE GAME

#18

"하필, 또 하필"

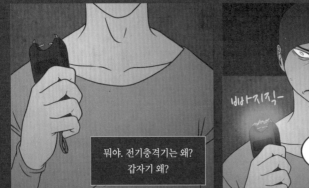

뭐야. 전기충격기는 왜?
갑자기 왜?

나약해 빠진 것들……
겨우 39일 만에 포기하겠다고?

그/아/앗

계속하든지 전기구이통닭
되든지 선택하라굿!!!!!

는 물론 아니었다.
그런 캐릭터가 아니니까.

알고 계시다시피
주최 측이 원하는 건,

가위바위보든, 주사위 굴리기든
뭐든 좋습니다. 어떤 식으로든
꼴찌를 정한 뒤……

'벌칙'을 주는 겁니다.

이 제안이야말로
파이게임의 상징이자 정수.

"이익을 창출하고 싶다면 고통을 창출하라."

다른 의견 있으시면
말씀해주십시오

현재로선 이 방법이 가장…
네, 웃긴 표현이지만,
합리적이라 생각합니다.

또다시 시작된 침묵.

하지만 앞선 침묵과는 결이 달랐다.
그 침묵이 내면적 갈등을 표했던 것이라면 이 침묵은 분명, 암묵적 동의.

의견이 하나…
있습니다.

네, 말씀하십시오
4층 님.

게임......
어차피 할 거라면

가위바위보 같은 거
말고, 더 재미있는 걸
했으면 합니다.

더 재미있는 거 = 더 잔인한 거 레알루 MC 꿈나무다운 발상.

왕 게임을
제안합니다.

뽑기로 왕을 정하고,
그 왕은 두 명을 선정해서
미션을 주는 거죠.

이 미션에서 패하거나
포기하는 사람이,

벌칙을 받는걸로요

다른 게 있다면 그 MC는 흥과 재미를 이끌어내는 역할이지만
이 MC는 피와 고통을 이끌어내는 역할이란 것.

'좋은' 의견이라 생각합니다. 또 '괜찮은' 의견 가지신 분 있습니까?

들으면 들을수록 블랙코미디 같은 형용사.
이 대화에서 쓰이는 '좋은', '괜찮은', '합리적인' 따위의
단어는 실제로는 그 반대의 뜻을 가지고 있으니.

반대 의견이라도 좋습니다. 다른 의견 있는 분 계십니까?

이렇게 동의를 함의한
침묵의 시간을 지나

없으시다면…제안대로
진행하도록 하겠습니다.

이렇게 파이게임은
새 국면으로 들어섰고

게임의 세팅과 왕명 준비를
위한 짧은 휴식이 주어졌다.

3F

아직까지는 해볼 만하다.
역시 웃긴 형용사지만,
아직까진 '긍정적'이다.

113,550,000

113,550,000

가위바위보든, 왕게임이든, 뭐가 됐든.
최종적으로 내가 걸릴 확률은 1/7 약 14%

14%면……
꽤 낮은 거 아닌가?

반대로 말하자면, 86% 확률로 나는 안전하다.
그리고 이 확률을 견뎌내면 주어지는 건
막대한 시간과 상금.

따각-

24시간만 연장해도 288만 원.
1/7 확률이니 일주일에
한 번 걸린다 치면

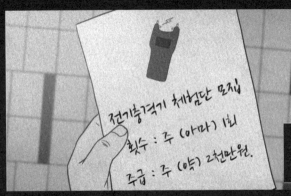

전기충격기 체험단 모집
횟수 : 주 (아마) 1회
주급 : 주 (약) 2천만원.

오히려, 하지 않을 이유가 없다.
오히려, 하지 않으면 바보다.

……

그렇지만, 높은 확률로 큰 소득을 얻는 게임이라면 그만큼 실패의 리스크도 큰 게 당연한 이치.

그/아/앗
2천만 원!!!!

은 장례비로 잘 써주세요

경험의 부재가 최고의 위험 요소. 전기충격기가 얼마나 고통스러운지, 혹은 위험한지, 알 수 없어 두근두근 미지의 영역.

에이, 아무리 아파도 사람 죽을 정도면 경찰들이 쓰겠어?

으어, 떡대도 한 방에 고꾸라지는 걸 보면 얼마나 고통스럽겠어?

그건 좀
쫄리는뎅……

그러니 어떻게든
첫 경험은 타인에게 양보해야 한다.
그러기 위해선
최선을 다해 게임에 임해야 한다.

그리고 한 가지 더.

어떻게든, 1층과 2층이 피해갈 수 있는 게임을 만들고 싶다.

잊지 마세요
우리 의리.

1F

2F

1층과 2층을 제외한 참가자 중 굳이 한 명을 특정하라면

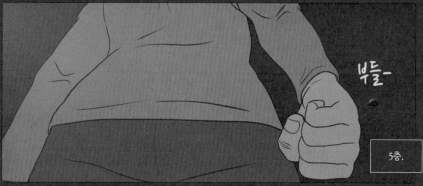

5층.

그 대머리 새X가
꼼짝없이 걸려들
왕명을 준비해야 한다.

광장엔 이미 사람들이 나와 있었다.

급조해 조잡하긴 하지만
게임 준비도 얼추 마친 상황.

그럼……

룰 설명 부탁
드립니다. 4층 님.

딱히 설명이 필요한 게임은 아니다.

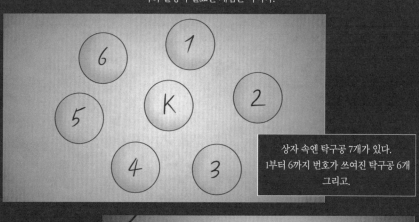

상자 속엔 탁구공 7개가 있다.
1부터 6까지 번호가 쓰여진 탁구공 6개
그리고.

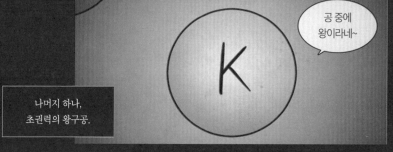

공 중에
왕이라네~

나머지 하나,
초권력의 왕구공.

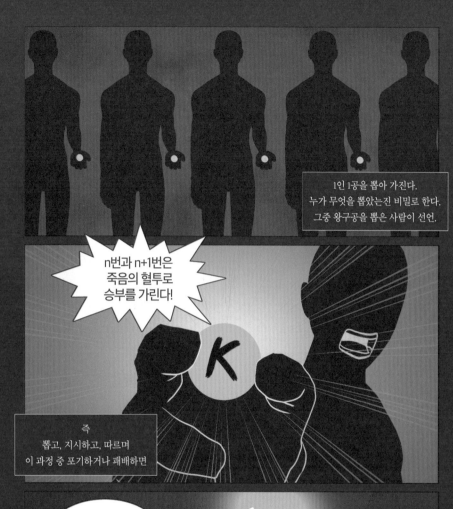

1인 1공을 뽑아 가진다.
누가 무엇을 뽑았는진 비밀로 한다.
그중 왕구공을 뽑은 사람이 선언.

n번과 n+1번은
죽음의 혈투로
승부를 가린다!

즉
뽑고, 지시하고, 따르며
이 과정 중 포기하거나 패배하면

저는 순수하게,
고통 제공을 목적으로
제작된 기기입니다.

그러니 자신 있습니다,
고통 드리는 거 하나만큼은.

짜릿한 전기찜질의
세계가 열릴 것이다.

모두 준비 끝나셨으면 시작하겠습니다.

한 분씩 나오셔서 뽑아주세요.

행운을 빕니다.

제발.

왕.

제발.
왕. 왕왕!!

왕!!

와아아아아아아앙~~~

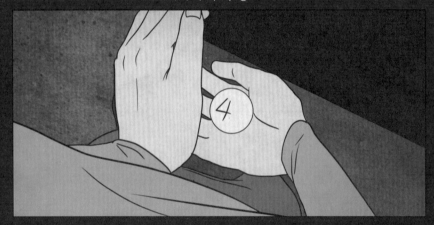

하필 망할, 죽을 사(死)번.
느낌이 영 쩨하다.

미친. 하필. 그래 하필. 타깃 0순위였던 저새X가. 하필.

기대와 두려움이 왕복으로 교차한다.
단순한 가위바위보 정도를 짜왔을 거란 기대와
단순한 주먹다짐 같은 걸 짜왔을 거란 두려움이.

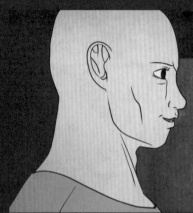

예상을 빗나간 선정. 미묘하게 거슬리는. 가위바위보…
아니 차라리 치고받고 싸우라면 납득하겠다. 5층이 꺼낼 만한 종목이다.

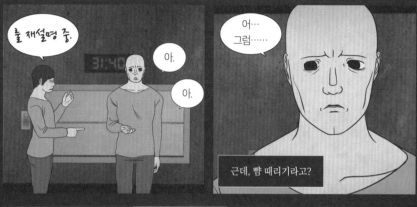

死

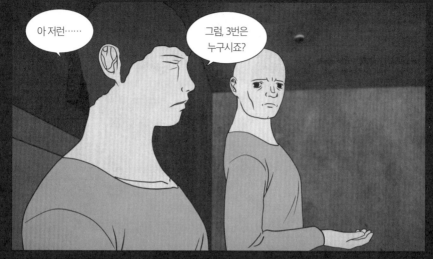

이렇게 된 이상. 차라리 7층이면 좋겠다.
저 여자라면 내가 이길 수 있을 테니까.
더하여 이 기회에 원한도 갚……

제, 제가 3번입니다……

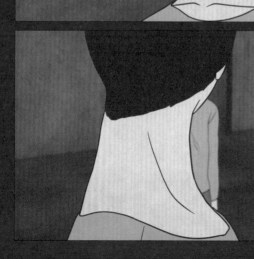

아.
하필.

하필.

또.
하필.

파이게임
PIE GAME

#19

"석연치 않은 게임"

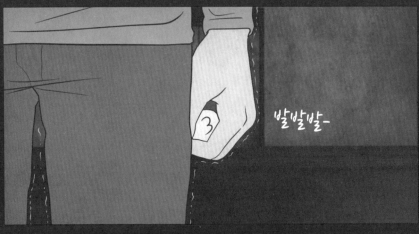

저 표정, 본 적 있다.

저 떨림까지도,
똑같다.

강자 앞에 선 약자의
그저 자비와 선처를 바라는
표정과 몸짓.

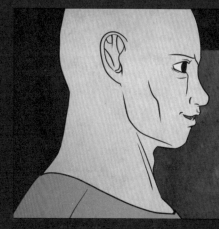

하세기!
뺨 때리기 대결!

이길 수 있다. 사실 누구라도
이길 수 있다. 최약체 1층은.

발발발발
발발발
발발-

그래서 기쁘냐고?
꽁승에 흥나냐고?
아니, 그러기엔.

시x 하필…

전 진~짜 괜찮으니까
신경 쓰지 마세요.

이런 상황일수록
서로 도와야죠!

죄송합니다 1층 님…
쓰레기 못 받아드려서……

게임은 페어플레이! 승부는 정정당당!
외치며 생까기엔, 빚이 너무나도 크다.

는 건 알고 있지만.

저는 순수하게 고통을 주는 목적으로 탄생한 기기입니다 그러니 자신있습니다 고통 주는 거 하나만큼은 주절주절

꼴깍-

저거, 저 검고 시꺼먼 건 너무 무섭다.
무서워 지릴 것 같다. 지져지기도 전에
지려버릴 것 같⋯⋯

3층 님, 제가⋯

기, 기권
하는 걸로⋯⋯

옳타꾸나! 말 잘했다.
암! 그래야지. 어허! 똑똑하다.

77

뺨도 맞고 전기도 맞는 투콤보보단
뺨이라도 건너뛰는 게 똑똑한 판단이지.
아무렴, 그게 바로…… 약자가……

살아가는… 방법……

기권할게욧!

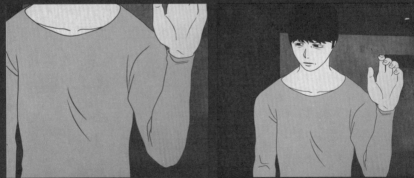

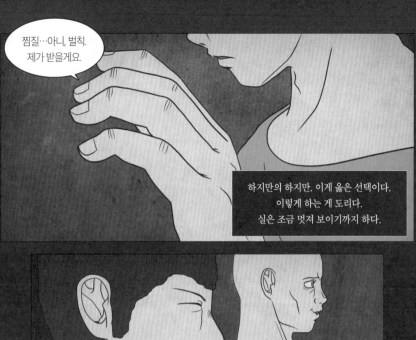

찜질…아니, 벌칙.
제가 받을게요.

하지만의 하지만. 이게 옳은 선택이다.
이렇게 하는 게 도리다.
실은 조금 멋져 보이기까지 하다.

네, 3층 님이 기권하셨으니
룰대로, 벌칙은 1층 님이
진행하도록 할게요.

하지막 막상 4층의 선언이 떨어지자 문득.
2층이 말했던 그 대사가 떠올랐다.

누구나 그럴싸한
계획이 있지.

처맞기 전
까지는 말야.

이 상황에도 어쩌면, 아니 당연히,
적용되는 말이 아닐까?

79

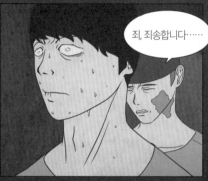

내가 이런 선택을 내린 건, 단지 무지하기 때문이 아닐까?

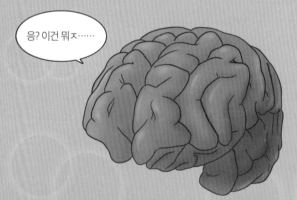

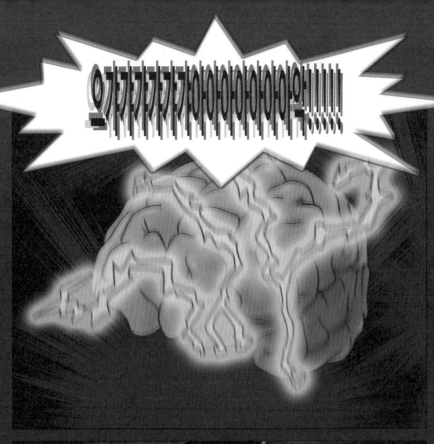

/// signal lost

try rebooting......

/// system failure

try rebooting......

/// system failure

try rebooting......

/// system on

damage calurating.....

저한테 주세요…
그렇게 해주세요
3층 님……

그래야… 그렇게 해주셔야
제 맘이 펴, 편할 것 같아요……

1층은 거듭거듭 고맙고 또 미안하다며
쓰레기를 자기 방으로 내려달라 했다.

3층 님. 제가 맘이 불편
해서 그래요 그러니까…

괜찮다고 했지만 간곡했다.
착한 것도 알겠고, 여린 것도 알겠다.
하지만.

이걸로 빚 갚은
걸로 칠 테니까……
가세요 그냥……

더 이상은, 그 누구와도,
무엇도 주고받기 싫다.
아무것도 얽히고 싶지 않다.

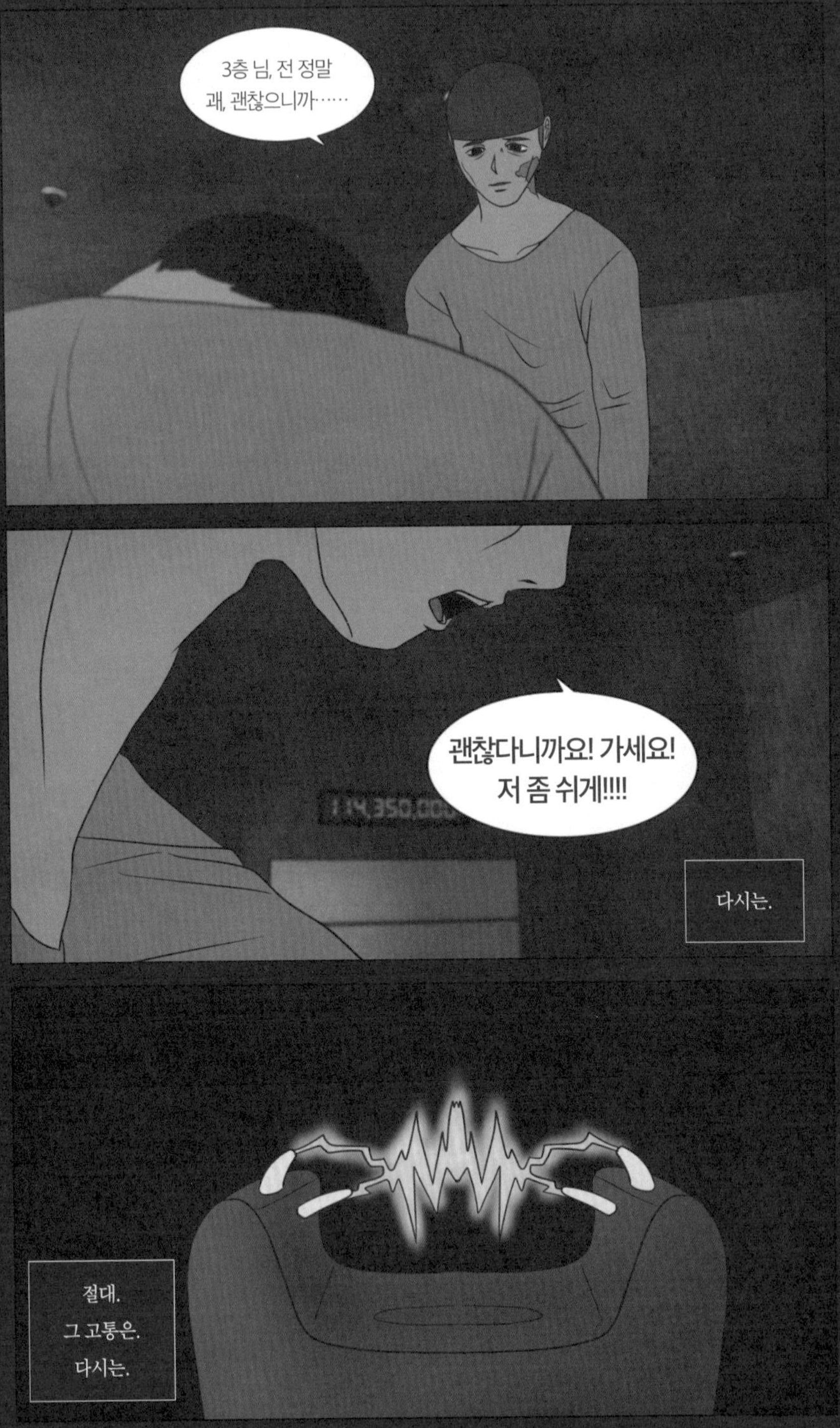
3층 님, 전 정말
괘, 괜찮으니까……
괜찮다니까요! 가세요!
저 좀 쉬게!!!!
다시는.
절대.
그 고통은.
다시는.

게임 시작 40일째.

어김없이 돌아온
격통 익스프레스 티켓팅 타임.

설마. 이틀 연속으로 걸리진 않겠지. 그딴 짠 듯한 불운은,
설마 안 일어나겠지라고 끝없이 스스로를 격려하고 다독이지만.

K

'왕'을 뽑지 못한다면
이번에도 장담은 못한다.

그러니, 그러니 제발…제발제발…제발……
두 번 연속은 안 돼. 진짜 안 돼. 그러니까 제발 제발 제발제발제발제

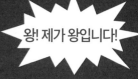

왕! 제가 왕입니다!

아……

뽑았다구요!
왕!!!!!

시X. 제발이 제손이 되도록 빌어봤자.
왕은 4층이었다.
짱은 3층이었고.

다행히 숫자나 확률은 그리 극적이지도 편파적이지도 않은지라.

이번 게임은……3번, 6번.
두 분으로 하겠습니다

피해 갔다. 안전하다.
안도감이 파도처럼 밀려온다.

후어아어으어~~

털썩-

이
불안과 안도 사이 거대한 낙폭은

흐

헤헤.

흐허.

헤.

뇌에 도파민을 흩뿌려
짜릿한 카타르시스를 불러왔다.

도파민…

동시에 '도파민'이란 단어의
연상작용으로 예전에 배웠던
쥐 실험 하나가 떠올랐다.

사육장 안에, 쥐 한 마리와
용도 모를 버튼이 달린 기계가 있습니다.

우연히 쥐가 버튼을 누르자
먹이가 한 알 떨어집니다.

버튼을 누르면 먹이가 나온단 걸 학습한 쥐는
한동안 버튼을 누르다, 이내 관심을 거둡니다.

예상 가능하고 변수도 없는 보상이기에
딱히 흥미가 생기지 않는가 보군요.

그래서 실험 환경을
조금 변경해 보았습니다.

사육장 안에, 쥐 한 마리와
용도 모를 버튼이 달린 기계가 있습니다.

이번에 버튼을 눌렀지만, 조건이 달라졌습니다.
먹이는 버튼을 누를 때마다 나오는 게 아니라
'랜덤'으로 지급되게 말이죠.

불안을 느낀 쥐는

충분한 양의 먹이가 쌓여도

왜냐면, 중독되었기 때문이죠.
먹이가 더이상 나오지 않을지도 모른다는 불안과
먹이가 나왔을 때의 안도의 낙폭.

즉, 도파민.
즉, 도박에.

동전으로
정하겠습니다.

동전 던져 앞뒷면 맞추기.
조금 심심하긴 하지만
공정한 게임이니까요.

두 분, 괜찮으시죠?

균형의 수호자 4층다운 균형 잡힌 선정.

1/2

1/2

난투나 뺨치기처럼 맘 상할 일도 없고
반:반 확률 게임이기에 편파 논란도 없는.

알겠습니다.
시작하십시오

물어볼 필요 없어.
왕 마음이니까.

그 침착하던 6층도
그 당당하던 2층도

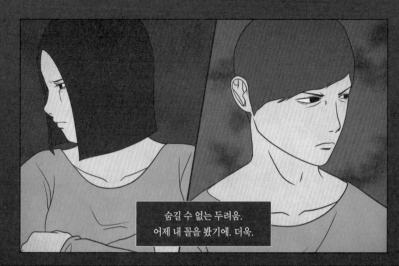

흡연으로 뭉친 패밀리.
서로에게 든든한 아군이라 생각했었지만

텅-

자! 맞추세요!

그림이 앞면
숫자가 뒷면입니다!

그 동맹과 연대가
지금도 유효할지는……

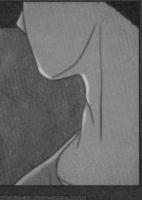

들었다 분명.
아니, 너무 작게 말해
내용을 듣진 못했지만
들었다 뉘앙스는. 분명.

뭔가 석연치 않음을 표현한
1층의 뉘앙스를.

자, 그럼……

오픈하겠습니다.

파이게임
PIE GAME

#20

"모두 사기입니다"

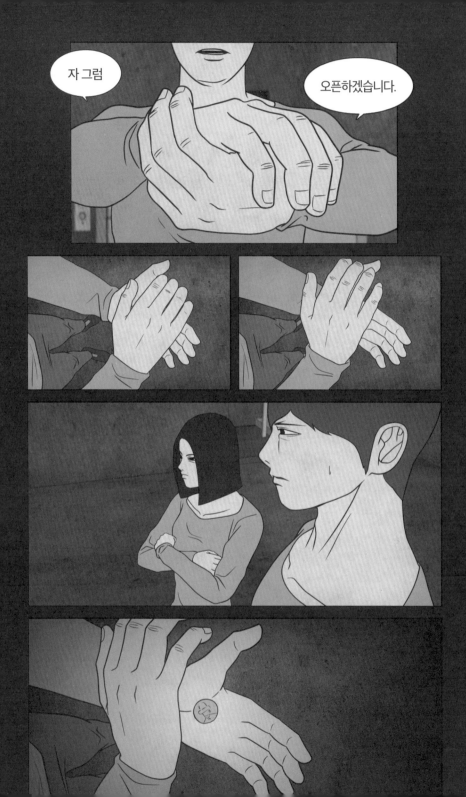

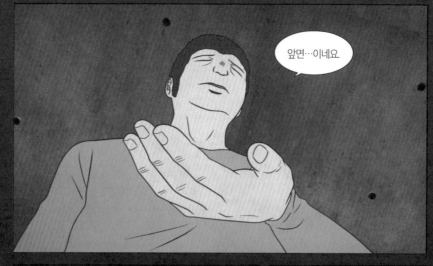

앞면…이네요

하아……

ㅅ발……

2층은, 그렇지만 끝까지 의연했다.
무예가의 기개를 보여주었다.

죄송합니다
2층 님…

83,450,000

83,450,0

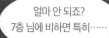

얼마 안 되죠?
7층 님에 비하면 특히……

그렇다, 라고 대답해도
아니다, 라고 대답해도
상처받을 것 같은 질문.

7층 584,150,000

1층 83,450,000

그는 이 격차를 어떻게 견뎌내고 있을까.

그래도…감사하게
생각하고 있어요 저는……

저 액수, 사회에
있을 땐 꾸, 꿈도 못 꾸던
돈이었으니까…

이 게임이 저한텐
제대로 살 수 있는 마지막
기회라 생각해요…

아. 죄송해요.
뭘 물어보고 싶다
그러셨죠?

아, 그게……

83,457.

그걸 물어보러 왔다.

어, 저러면……

1층은 아마추어이긴 하지만 마술사고, 마술사는 트릭에 능통할 테고, 그러니,

……

4층의 행동에서 뭔가 미심쩍은 부분을 발견한 게 아닐까? 그래서 그런 반응을 보였던 게 아닐까?

낮에 동전던지기 게임할 때… 이상한 점 못 느끼셨나요?

네? 이상한 점이요? 어떤……

그러니까… 뭐 아무 거라도……

모르지 난. 모르니까 물으러 왔지. 알면 안 물어보러 왔겠지.

글쎄요……
이상한 점이라……

그 중얼거림을 끝으로
1층은 더이상 말이 없었다.
그럼 둘 중 하나다.

진짜 아무것도 모르든가.
아는데 말할 수 없든가.
어느 쪽이든, 더 들을 수 있는 이야긴 없다.

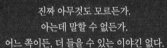

83,464,000

그렇군요……
알겠습니다.

지금은, 그리고 아직은,
더 캐물을 때가 아닌 것 같다.

게임 시작 41일째
강제 피까츄 체험 어트랙션 3일 차.

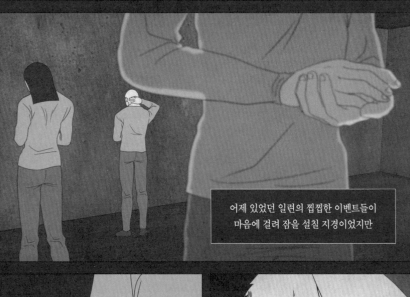

어제 있었던 일련의 찝찝한 이벤트들이
마음에 걸려 잠을 설칠 지경이었지만

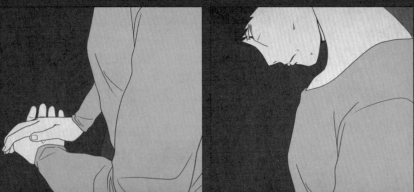

더, 더는 안돼!

그런 커다란 전기,
더는 무리다구우우우웃!!!!

아니다.

어?

지금은 그런 생각
할 필요가 없다.

어어?

확률은, 숫자는, 역시 극적이지도 편파적이지도 않았다.

아아아아아!!!!

시ㅂ 드디어
왕이로소이다.

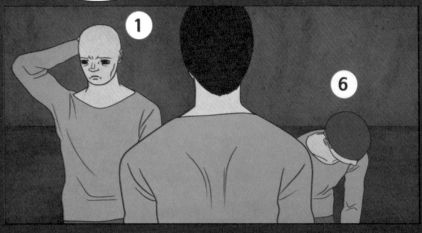

이갈며 염원하던 대머리가 사정권 안에 들어왔다.

먼저, 각자 숫자 하나씩을 정해 제게 말해주세요

주사위를 굴려, 제시했던 숫자가 먼저 나오는 사람이 이기는 '간단한' 게임입니다.

이 '간단한' 게임은 당연히. 5층을 저격하기 위한 설계.

주사위 두개의 합으로 나올 수 있는 숫자는
2부터 12까지 11개. 즉 뭘 고르든 1/11 확률.

일 리가 없잖아!!!

2 = 1/36   3 = 2/36   4 = 3/36

5 = 4/36   6 = 5/36   7 = 6/36

8 = 5/36   9 = 4/36   10 = 3/36

11 = 2/36   12 = 1/36

각 숫자가 나올 확률은 이렇게나 차이가 난다.
이는 저학년 잼민이들도 눈치챌 단순한 게임이지만

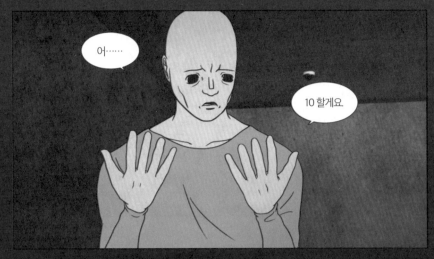

역시!!!

역시!!!

7

여즉시!!!

어.

어어……

……

어으……
어……

바라던 복수를 이뤘지만

명분이 어쨌든 사유가 어찌되었든 변하지 않는 사실은,
내 결정으로 누군가 끔찍한 고문을 받게 되었단 사실.

게임 시작 42일째.

어제의 벌인지.
권선징악의 빠른 회수인지.

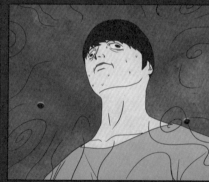

어제의 왕에서. 단 하루 만에. 노예로.

왜. 시ㅂ 왜. 윗층 놈들은 왜 이렇게 뺨 갈기는 걸 좋아하는건데?
화끈하게 "마 둘이 푸닥거리 함 해봐라!" 도 아니고.
왜 이렇게 싸다귀에 집착하냐고!

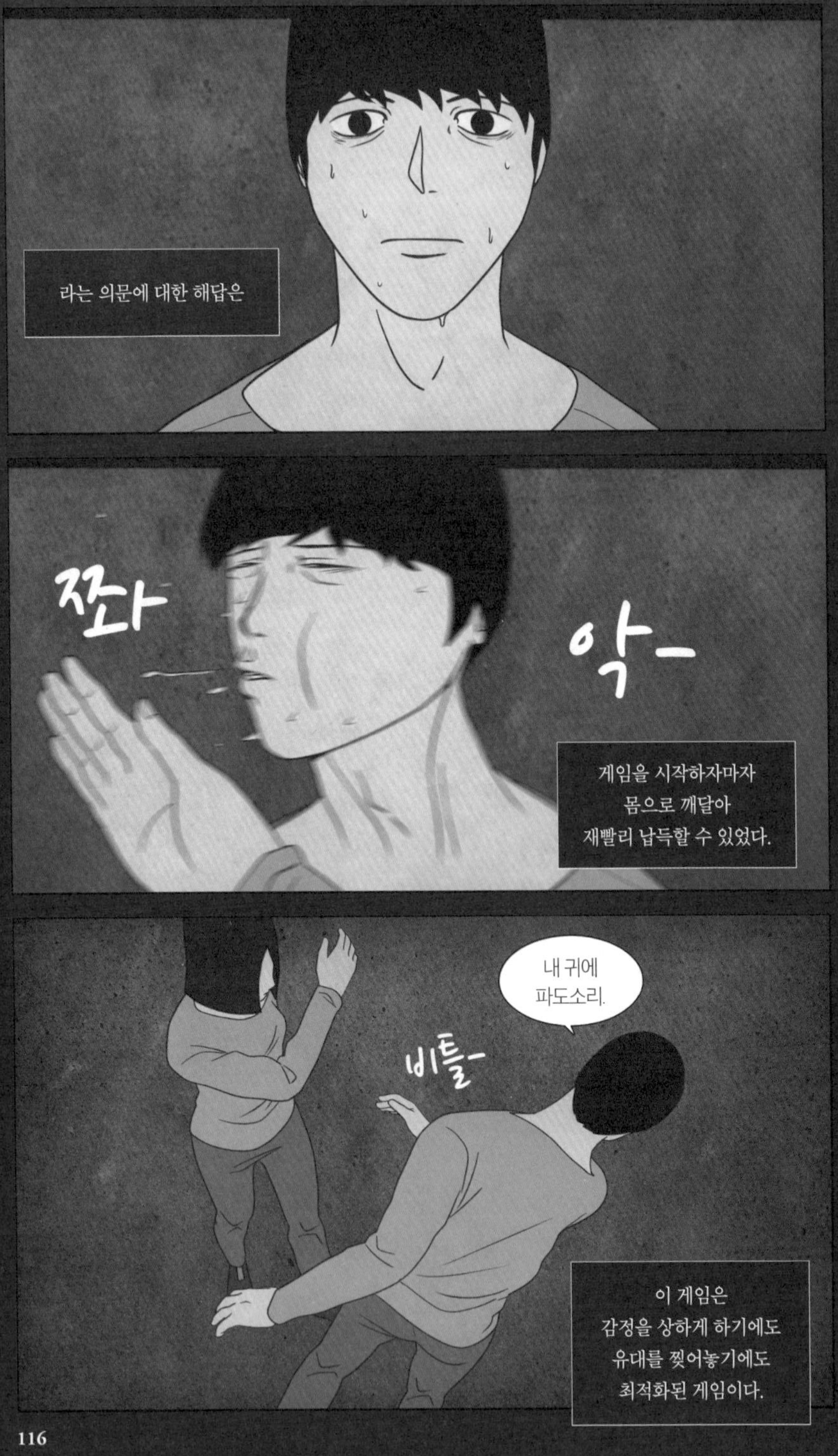

라는 의문에 대한 해답은

짜ㅏ

악ㅡ

게임을 시작하자마자
몸으로 깨달아
재빨리 납득할 수 있었다.

내 귀에
파도소리.

비틀ㅡ

이 게임은
감정을 상하게 하기에도
유대를 찢어놓기에도
최적화된 게임이다.

차라리 서로
치고박고 주먹다짐이라도 했다면

허억허억-
하악하악-

이자식, 보기보다 괜찮은
주먹을 가지고 있잖아?
마음에 드는걸.

훗. 당신의 주먹도
진심이 담겨 뜨겁더군요.
한수 배웠습니다.

아하하하하하핫!

와하하하하핫빠!

대충 이딴 식으로, 어쩌면 뒤끝 없이
화해나 할 수 있을 테지만, 이 게임은
아니다. 진행될수록 감정만 쌓여간다.

하지만. 알지만. 멈출 수 없다.
싫다. 그건 싫다. 다시는. 그 경험은.

그러니! 임한다!
최선을 다해 치고!!!!
이를 악물고!!!!
버틴!!!!

아. 첫 타는.
걍 봐준 거였구낭.

모르는 고통은 무지해서 만나뵐 수 있지만
아는 고통은 알기에 더욱 공포고통스럽다.

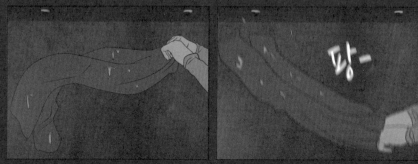

그러니 2차 전기충격을 맞이하는 순간
조금(아주 쬐끔(정말 초초미량)) 지린 건

괜찮다.
자연스런 몸의 반응이다.
그러니까 진짜 이 해프닝은.
부끄러워 할 필요가 1도 없……

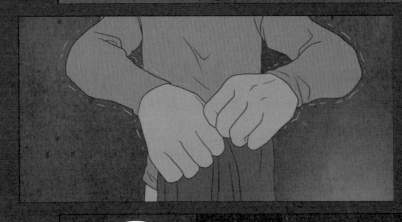

시ㅂ……

개 쪽팔리게
진짜……

똑똑똑-

똑똑똑똑-

하아아아······

2층일 거다. 때리고 지져서 미안하다 다독이려 온거겠지.
그럼 뭐해. 이미 다 아프고 다 쪽팔렸는데.

예. 잠시만요

하지만 예상과 다르게
내 방을 찾아온 손님은.

어?
무슨 일로······

파이게임
PIE GAME

#21

"낌새가 보이다"

123,710,000

사기······
였다구요?

우리가 했던.

왕 게임
전부가?

네.

오늘 결과를 보고
화, 확신했어요

이 게임은 정당
하지도 공정하지도 않은
게임이었단 걸.

역시.
잘못 판단한 게 아니었다.

저러면
안되는뎁.

역시.
뭔가 눈치채고 있었다.

이 동전.

이 동전으로 4층 님과
같은 게임을 해볼게요

마술공연 할 때
구매했던 거예요.

4층이 진행했던
동전 앞뒷면 맞추기 게임.

피 잉-

텅-

맞춰보시겠어요?
앞면이 별, 뒷면이
하트예요

지긋-

앞면 하겠습니다.

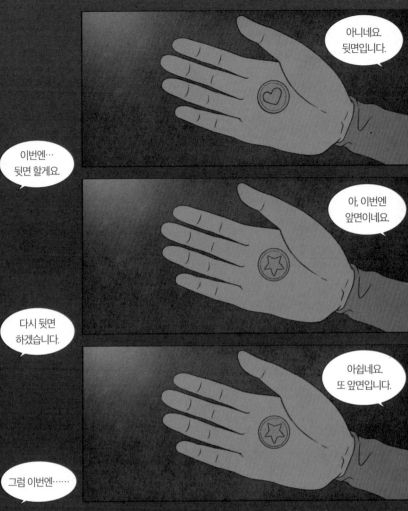

뭣다. 의미 없는 선택이다. 수십 수백 번을 해도 결과는 같을 것이다.

1층이 밝힌 동전 트릭의 비밀은 모든 마술의 눈속임이 대개 그러하듯
알고 나니 어이없을 정도로 간단한 것이었다.

틀린 방법입니다. 동전은 손바닥이 아니라 손등으로 받는 게 국룰입니다.

이유는, 손바닥을 마주한다면 그 안에서 동전을 만질 수도 세울 수도 있기 때문이라 했다.

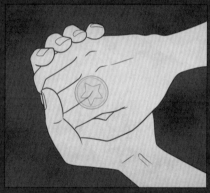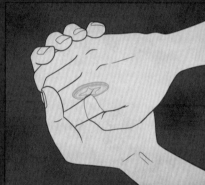

만질 수 있단 건 앞/뒤 확인이 가능하단 것이고
세울 수 있단 건 앞/뒤 원하는 방향으로 눕힐 수 있단 것.

아! 그래서 그 때!!

1층의 시연을 보자 급 기억이 되살아났다.

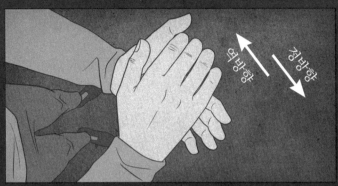

역방향

정방향

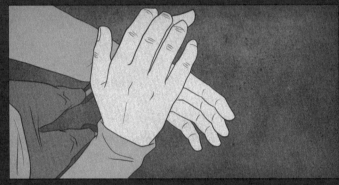

4층은 동전을 역방향으로 오픈했다.
때문에 뭔가 부자연스럽다
느꼈었던 것이다.

6층을 벌칙에서 면제시키기 위해,
앞면이 나오도록 동전을 눕히기 위해,
저런 불편한 오픈 방식을 취한 것이었다.

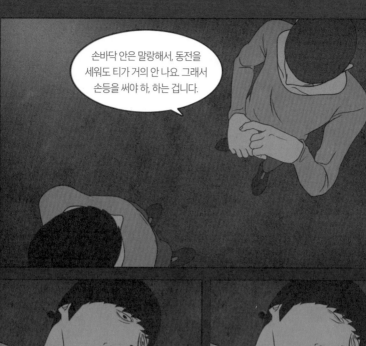

손바닥 안은 말랑해서, 동전을
세워도 티가 거의 안 나요. 그래서
손등을 써야 하, 하는 겁니다.

이……

개같은 새X들이!!

결국 사기를 쳤단 말이다. 4층은, 공정한 게임을 제안하는 척
모두를 안심시킨 후 신나게 사기를 쳐대고 있었다.

하지만 동전 게임은
사기극의 곁가지일 뿐, 더 큰
트릭이 남아 있습니다.

한번 기억을 더듬어 보세요.

지난 4번의 게임에서 누가 어떤 순서로 왕이 됐었는지.

왕을 뽑은 순서? 라면…

첫째 날 5층.

둘째 날 4층.

셋째 날 나층.

넷째 날 7층.

위층에 조금 몰렸단 게 찝찝하긴 하지만
여튼 한 명씩 돌아가며 왕을 뽑았으니 크게 수상한 점은 없는 듯한……

……

3,740,000

그럼, 왕들이 뽑은
플레이들이 몇 층이었는지
떠올려 보시겠어요?

그건……

123,740,00

5층이 왕이었을때, 1층과 3층

4층이 왕이었을때, 2층과 6층

3층이 왕이었을때, 1층과 5층

7층이 왕이었을때…2층과… 3층?

?!

잠깐.
잠깐만.
이상하다 이건.
이건 좀……아니,
많이, X나 많이 이상하다.

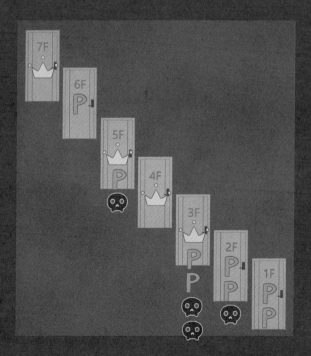

도식화 해보니 뚜렷해졌다.
누가봐도 명백히 쏠려 있다. 기울어져 있다.

하……

비틀-

내가 왕을 잡았을 때를 제외하곤 '전부'라고 해도 좋을 정도로 극단적으로 아래층에 플레이어와 벌칙자가 몰려 있었다

사기였군요… 추첨도 선정도…이 게임 전체가…… 싸그리 다 사기극이었어……

네. 저도 그렇게 생각하고 있습니다. 우연의 연속이로 보기엔 너무 희박한 확률이니까요

게다가 왕을 뽑은 사람들은 모두 앞 순번으로 공을 뽑은 사람들이었으니

K

왕공을 골라내는 트릭은 반드시 있을 거라 생각해요

그러니 위층 중 일부, 혹은 전부는 이 트릭에
더해 서로의 번호를 공유할 수 있는 사인까지
개, 개발했다고 보는 게 타당하죠.

그런데……

다 알고 있었으면서. 오래전에 눈치채고 있었으면서.

그걸 왜 이제서야 말해줘요?
저, 두 번이나 전기 맞았다구요.

그거, 얼마나 아픈지 1층 님은
안 맞아봐서 모르죠?

심지어 오줌까지 지렸다구요! 사기인 거 알면서 왜 밝히지 않았냐구요!!

죄송합니다…
하지만……

좀 더 확신이 필요했다 말했다.
이 게임이 사기란 확신과 내가 저들 편이 아니란 확신 또한.

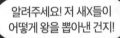

알려주세요! 저 새X들이 어떻게 왕을 뽑아낸 건지!

밝히고 족쳐야죠! 저 개XX들도 똑같이 당하게 해야!!!

죄송하지만…
그건 저도 몰라요.

하지만 걱정 마세요 곧 꼬리가 밟힐 거예요.

저런 수준 낮은 트릭들은 절대 길게 써먹지 못하니까요.

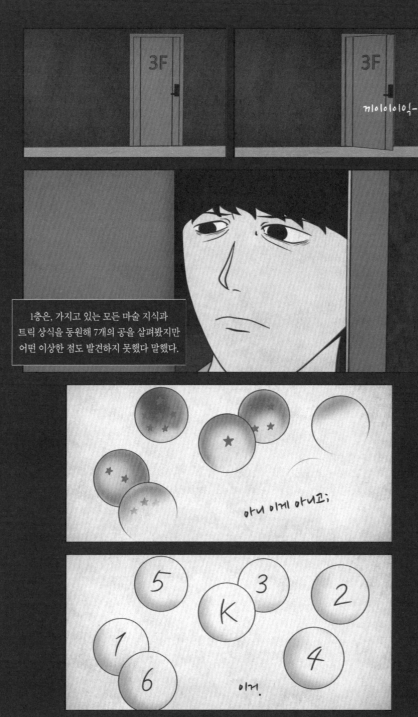

1층은, 가지고 있는 모든 마술 지식과
트릭 상식을 동원해 7개의 공을 살펴봤지만
어떤 이상한 점도 발견하지 못했다 말했다.

아니 이게 아니고;

이거.

7개의 공 모두, 완벽히 똑같은 크기와 감촉과 무게와 색을 가지고 있었다 말했다.

살금~

하지만
그 말말 믿고 손놓고 있을 수만은 없었다.
내 손으로 직접 확인해봐야 한다.

살금살~

왕만 골라낼 수 있는 방법이 있단 건
왕만 구분할 수 있는 방법이 있단 말이니까.

살금살금~

하지만 장부에선 별다른 특이사항을 찾아낼수 없었다.

스턴건 구매
(-)몇십분
위생용품 구매
(-)수십분
왕게임 준비물 구매
(-)얼마분

하지만 애초에 여기서 결정적인 증거를
발견할 거라 기대한 건 아니었다.

뭐 사시려구요
7층 님?

사려면 여기 적고
사세요 7층 님.

이 장부는 불식간에 시간이 대량 차감되는
돌발상황을 방지하기 위해 고안된 원시적 회계시스템일 뿐이니.

결국은 이 칠공에서 찾아내야 한다.
윗층 새X들의 더러운 트릭을 밝히고 폭로해
칠공에서 피를 뽑게 해야 한다.

지긋이-

콩콩이-

별건지-

-의잔말이

흘흘이-

하지만 1층의 말대로, 공들 사이에서 어떠한 차이점도 찾아낼 수 없었다.
겉보기론, 완벽히 같은 7개의 공.

시X. 대체
어떻게 한 거야…

하긴, 절대 들키지 않을 자신이 있으니
이렇게 방치해 두었을 테지만.

게임 시작 43일째. 왕은, '역시나' 위층에서.
왕은, '또다시' 4층이.

아이고 죄송합니다. 제가 또 왕을 뽑고 말았네요 :)

게임은 역시나, 동전 던지기로 하겠습니다.

한번 의심이 시작되자. 모든 행동이 수상해 보였다.

흐으으음……

4번, 6번 뽑으신 분?

④

6번입니다…

여기서 제지하지 않는다면
1층이 전기충격에 당하리란 건 기정사실.

자 그럼,
던지겠습…

어떻게 할 거지? 지금 폭로를?
아니면 아직 결정적 증거가 없으니
악물고 견뎌내는 판단을?

잠시만요!

던지시기 전에, 하, 하나
제안 드릴 게 있어요

동전, 손등으로 받아
주시겠습니까?

아, 손등…요?

당황하는 게 훤히 보인다. 하지만
그의 제안은 '공정한' 게임 진행에 아무런
영향을 주지 않기에, 거부할 명분 같은 건 없다.

아…뭐…그렇게 할게요
별 상관 없…으니까요

목소리마저 떨린다. 의심을 줄이기 위해
하필 7층을 상대 플레이어로 지목한 게
독이 되어 돌아가는 순간.

꿀꺽—

편견도 편파도 없는
담백한 정의를 이끌어 냈다.

7층……

마침내 정의구현.

님이 벌칙
이네요……

하지만, 그것이 제아무리
공정한 정의의 구현이라 해도

흐음. 벌칙……?

스스로가 스스로에게 정의를 구현하는 경우는 없기에,
그 집행은 상위 권력자나 권력기관에서 대리하는 게 일반적이지만.

안 받을래요

저는, 벌칙 같은 거.

7층보다 상위 권력자가 없는 이곳에서
본인이 본인에게 형을 집행할 이유 따윈

전혀 없었다.

파이게임
PIE GAME

#22

"이번에 반드시 잡아야 한다"

벌칙.

안 받겠다구요 나는.

7층의.
너무나 당당하고 호쾌한 선언.

하……

저 맥락 없이 당당한 셀프특혜 선언에,
모두 어안이 벙벙해져 얼탱이가 사라졌지만 냉정히 생각해보면,

어…7층 님…
그게……

벌칙은 다같이
합의된……

7층 입장에선 저런 전략을 구사하는 게
어쩌면 당연한 것일지도.
라는 생각이 들었다.

150

권력자이며
또
특혜자니까.

FROM THE
7TH FLOOR

FROM THE
7TH FLOOR

그녀가 물과 음식을 아래층으로 보급해주지 않는다면,
게임은 며칠을 넘기지 못하고 끝나버린다.

도시락, 하나만 먹고
내려보낼게요

어차피 하루
한 끼 먹으니까.

하지만 7층은 이 특권을 내세워
딱히 이득을 취한 적도 없고

'시간벌기' 쇼에도 늘 자진 참여했었기에

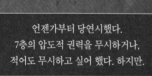
언젠가부터 당연시했다.
7층의 압도적 권력을 무시하거나,
적어도 무시하고 싶어 했다. 하지만.

어쩌면
저 모습이야말로 권력자의 디폴트.

모두가 힘들거나 아프거나 더러운 일을 해야만 유지되는 게임.

권력 없는 하층민은 이 노력과 고통을 제공하는 게 당연한 의무인 양 여겨지지만

권력 있는 상층민은, 아니다. 마음만 먹으면 얼마든 회피하거나 제외될 수 있다.

154

그러니, 다시 한번, 7층의 행동은
늘 보던 권력자의 디폴트……

하아……

몇 번을 봐도 똑똑한 건지
멍청한 건지 모르겠네.

그래. 귀하신 분이니까 벌칙
같은 건 패스하겠단 말이지?

38:06

도시락 맛만 보고 버렸다
했을 때 손봐줬어야 했는데
내가 맘이 약했네.

말했지? 도시락 주든 말든 그건
네 맘이지만 어차피 굶어 죽을 거면 지금
너 제끼고 게임 끝내는 게 이득이라고.

둘 중 하나 선택해봐.
벌칙 처받을 건지
나한테 처맞을 건지.

그래.
역사적으로도 이게 답이었다.

옥좌에서 스스로 물러서는 임금도
왕관을 스스로 벗어내리는 왕도 없으니,
그러니, 언제나 방법은 죽창러시뿐이었다.

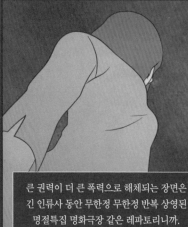

선택하라고 벙어리야?

큰 권력이 더 큰 폭력으로 해체되는 장면은 긴 인류사 동안 무한정 무한정 반복 상영된 명절특집 명화극장 같은 레파토리니까.

2층 님. 잠시만 기다려 주십시오.

7층 님도 모르진 않을 겁니다. 게임 룰을 무시하면 좋게 끝나진 않을 거란 거.

좋게 끝나지 않는다는 게 이 게임을 말하는 건지 7층의 명줄을 말하는 건지 의도적인 설명 누락.

제 말, 맞지 않나요 7층 님?

…그래서.

계속 말했잖아요.

벌칙, '**나**'는
안 받을 거라고.

아.

이미 플랜B가 준비돼 있었구나. 대신 깜빵에 가줄 바지사장이 이미.

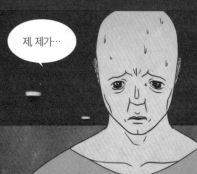

제, 제가…

대,대,대,대,대신
벌칙 받아요……

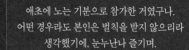

애초에 노는 기분으로 참가한 거였구나.
어떤 경우라도 본인은 벌칙을 받지 않으리라
생각했기에, 눈누난나 즐기며.

미친ㄴㄴ들…

됐죠? 벌칙 대신 받으면
안 된단 말은 없었으니까.

벌칙 따위 누가 받든 시간만 잘 늘어나 준다면
반대할 명분 같은 건 없었다.

죄송해요 5층 님······

어, 어어으어어어어······

지금 5층의 기분을 이해하는 건 이곳에선 나뿐일 테지.

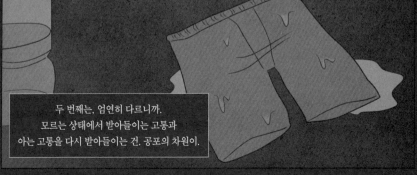

두 번째는, 엄연히 다르니까.
모르는 상태에서 받아들이는 고통과
아는 고통을 다시 받아들이는 건. 공포의 차원이.

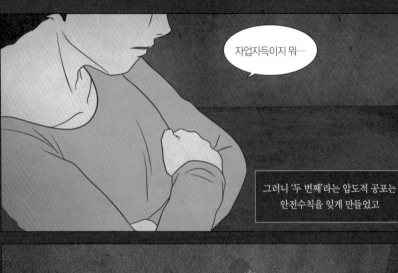

자업자득이지 뭐…

그러니 '두 번째'라는 압도적 공포는
안전수칙을 잊게 만들었고

잠깐잠까안~ 선 자세에서
스턴건을 맞으면 위험해요!

잊은 안전수칙은

네! 앉아서 맞는 게 바른 자세죠!
즐거운 게임 생활을 위한
안전수칙! 잊지마세요~!

어김없이 사고로 이어졌다.

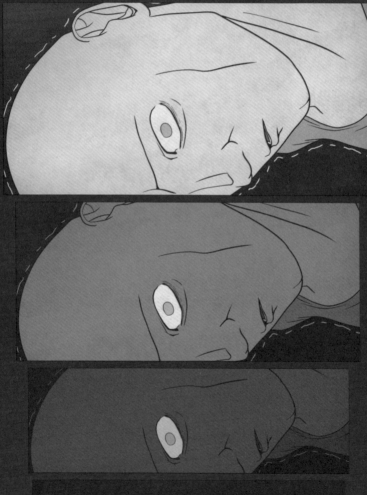

5층은 의식을 잃었다.

거듭된 전기충격 때문인지 머리부터 바닥으로 떨어졌기 때문인진 모르지만.
깨어날 기미를 보이지 않았다.

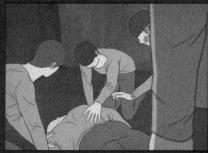

사람들은 전력으로 5층을 구호했지만
이 훈훈한 광경이 곧이곧대로 보이지 않는 건

이 전력이
5층의 안위를 위한 건지
상금의 안위를 위한 건지
구분할 방법이 없기 때문이었다.

네. 정확하게 보, 보셨어요.

그렇기에 오히려, 내일이 적기라 말씀드리는 거예요.

네?

....

아!

맞다!
1층 분석이 정확하다!!

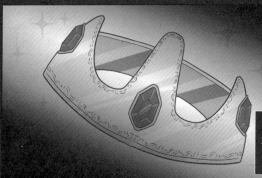

내일 포함, 총 6번의 게임 중 5번이나 위층에서 왕을 뽑는 건, 에이 말도 안 된다. 빼박 사기게임을 의심 받는다.

그러니 내일은 오히려 왕을 피해야 한다.
즉, 왕을 뽑는 트릭을
왕을 피하는 트릭으로 써야 한다!

내일, 반드시
밝혀내야 해요.

저 트릭, 계속 쓰진 않을
테니까요. 증거 잡히기 전에
철수하려 할 거예요.

내일…
이라……

126,500,000

1층은, 현재로선 가장 의심된다는
트릭 하나를 알려주고 갔다.

온도 차를 이용하는 방법.

고전적인 방법
이지만 쉽고 확실한
방법이기도 해요

추첨 전, 왕공을 가열하거나 냉각해
다른 공과의 온도차를 발생시켜 골라낸다.

하지만 이 방법은 몇 가지 문제가 있는데, 우선, 이 스튜디오 안에서는
공을 급속 가열하거나 급속 냉각할 방법이 마땅찮다는 것.

핫팩이라도 몰래
사서 숨겨둔 건가?

다음, 추첨 순서가 고정되지 않은지라
아래층에서 먼저 추첨을 시도할 경우
이 온도 차를 눈치챌 확률이 크단 것.

성의 없이 뽑아서
눈치 못챈건가?

1층은, 모든 감각을 동원해
위층의 행동을 살펴봐달라 부탁했다.

콜럼버스 달걀
같은 건가?

알기 전이라 어려워 보일 뿐.
알고 나면 분명 허술한 트릭일 것이라고.

게임시작 44일째.

5층은 여전히 정신이 돌아오지 않아
(혹은 않은 척하는 중이라) 불참.

의식을 해서 그렇게 보이는 건지
의심을 해서 그렇게 느끼는 건지

평소보다 위층 멤버들의 행동이
부쩍 부자연스러워 보인다.

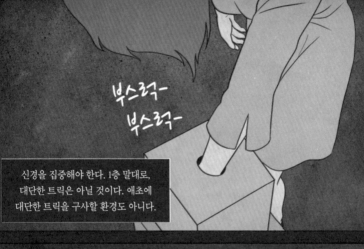

부스럭-
부스럭-

신경을 집중해야 한다. 1층 말대로,
대단한 트릭은 아닐 것이다. 애초에
대단한 트릭을 구사할 환경도 아니다.

분명, 긴장하고 있으니.
그러니 분명, 실수가 나올 것이다.

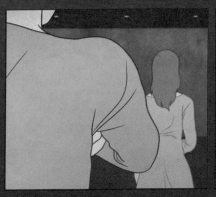

7층에게서 느껴지는 건
늘 나던 로션 향기와
늘 나던 매니큐어 향.

4층에게서 느껴지는 것 또한
늘 나던 로션 향기와
늘 나던 매니큐어......

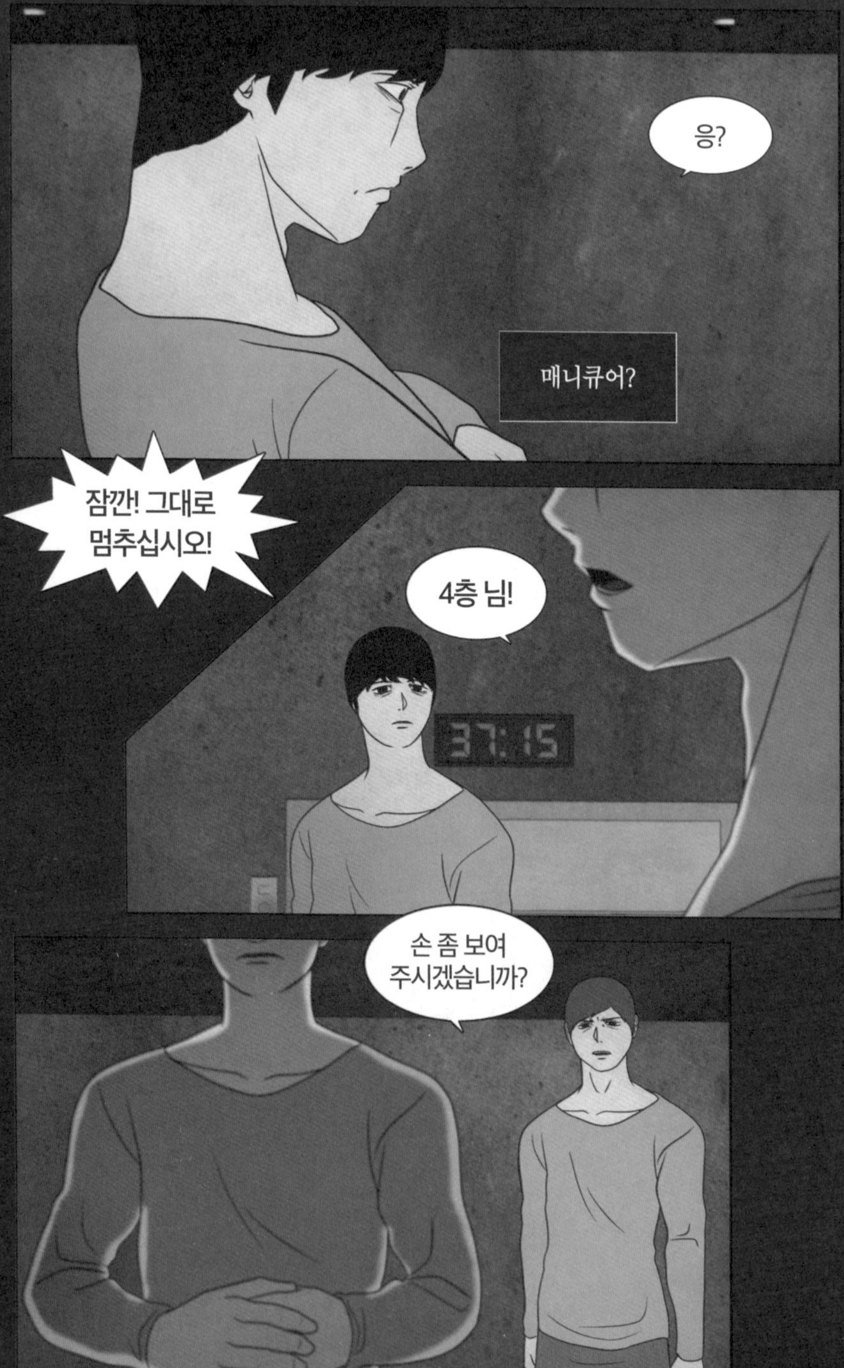
응?
매니큐어?
잠깐! 그대로
멈추십시오!
4층 님!
37:15
손 좀 보여
주시겠습니까?

파이게임
PIE GAME

#23

"사기 커넥션"

헛소리 그만하고
손 앞으로 내미십시오!!

이로서 두 가지
사실을 알게 됐다.

첫 번째. 6층은 이 사기 커넥션에 가담한 자가
아니었단 것. 너무나 강직한 성격이기에
포섭 시도조차 하지 않았을 테지.

두 번째. 6층 역시 아래층에만 플레이어와
벌칙자가 쏠려 있는 걸 의아하게 생각하고
있었단 것. 당연하다. 똑똑한 사람이니까.

이제 알겠네, 개수작
신나게 부리고 있었단 거.

쇼 하지 말고 일어나지?
처밟히기 싫으면.

죄…
죄송합니다…

말 그대로 시작부터 끝까지
개수작의 대향연이었다.

어차피 게임으로 벌칙자 정할 거면.

가위바위보 같은 거 말고, 왕 게임은 어때요?

제안의 이유가 있었다. 4층은 왕공을 골라낼 트릭을 가지고 있었으니.

죄송합니다…
죄송합니다…
죄송… 합니다…

레크레이션 강사일을 했기에, 분위기에 맞춰 벌칙자를 선별할 수 있는 트릭 몇 개쯤은 알고 있다 말했다.

그럼 다른 사람들 숫자는 어떻게 알았습니까? 뭘로 사인 주고받았냐구요

그리고 모든 건 이를 묻기 위한 사전 작업.
7-5-4의 더러운 커넥션을 밝혀낼 핵심 질문.

그건……

몸통에서 떨어져 나온 꼬리는
혼신의 힘을 다해 나뒹굴며 어그로를 끈다.

7층의 배급에서 제외되는것도 5층의 철권에 두드려 맞는 것도 두려운
4층의 처절한 몸통님들 지키기 쇼.

이곳은 사법 체계도 수사기관도 없는 곳이라
제 입으로 불지 않는 한 어차피 공범을 밝혀낼 방법은 없는……

게임을 유지하기 위해…
상금을 지키기 위해……

모두 지금까지 어떤
고생을 해왔는지 잘 알면서…

그걸 알면서!! 그딴
더러운 수를 썼단 말입니까?

늘 냉정하던 6층의 극대노.
'착한 사람이 빡돌면 무섭다.'라는
항간의 소문을 확인시켜 주기나 하듯.

본보기를…
보여줘야 합니다…

다시는,
그 누구도

게임을 망칠 생각
못하도록!

콰직-

중증 부상자는 이로서 두 명째.

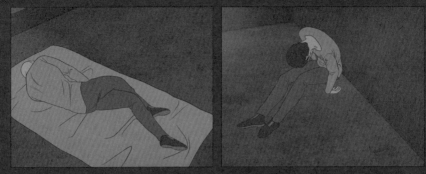

슬슬 역전되고 있다고 느껴졌다. 게임 유지를 위해 투자하는 고통이
그 투자로 배당받는 상금을 상회하기 시작했다

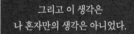

그리고 이 생각은
나 혼자만의 생각은 아니었다.

전력 이탈자는 나중에
개인적으로 시간 벌기를
시키도록 하고,

우선 추첨 룰부터 변경
하도록 하겠습니다.

추첨 순서는 가위바위보로
정하고, 뽑은 후엔 사인 교환
방지를 위해 모두 벽을 향해…

그 전에…계속
할 거야 이 게임?

걱정마십시오 편법을
원천 봉쇄하면 공정한 게임
진행이 가능……

아니, 왕 게임이 아니라.
'파이게임'을 계속 할 거냐고.

……그만두자는
말씀입니까?

188

안다. 모두. 더 많은 상금을 원할수록 더 많은 피를 흘려야 한다는 걸.

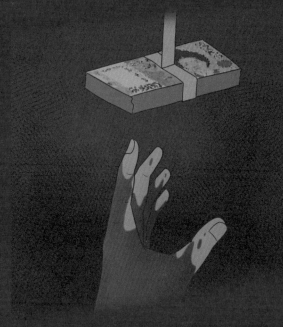

그리고 또한 의심하고 있다. 어쩌면 본 게임은 시작도 하지 않은 게 아닐까? 란 걸.

저런 전기충격, 잘 먹지도
마시지도 못한 우리가 몇 번이나
더 견딜 수 있을 것 같아?!

돈도 좋지만! 나도 필요해서
온 거지만! 심장마비라도 와서
뒈지면 뭔 의미가 있냐고!

일리 있다. 수억짜리 아파트,
수만 평 땅을 가졌다 해도
죽으면 어차피 두 평짜리 묘지행

그러니까…
적당한 타이밍에
끝냈으면 좋겠어.

나……

어린 딸이 있거든.

많이 아픈……

(구) 머니게임과 (현) 파이게임의
흉측한 데칼코마니.

약! 약을 줘!
그거 없으면 나는!!!

저는…지켜야할
사람이 있습니다……

룰이 다르기에 드로잉 과정이 달라 보이지만
그림의 재료는 주최측이 숙고해 고른 것이라 결국은 데칼코마니.

WE
INVITE
YOU

119

절박하고 간절한 사람들을 돈으로 현혹해
캔버스에 세워 자르고 붙이고
찢고 기워내며 즐기는

혈채화.

쉬운 예를 들어 볼까요?
A,B 두 사람이 있다고 가정해봅시다.
둘은 모든 가용자산을 투자해 가상의
상품인 'X'에 투자하기로 했어요

A는 100만 원치, B는 1억 원치의
X를 매입했습니다. 그리고 3년쯤 지나
X의 가격이 두 배가 됐어요.

A는 100만 원의 수익을 올렸고
B는 1억 원의 수익을 올려 각각 자산이
200만 원과 2억이 되었네요.

자 그러면, 좀 더 시간
축을 길게 늘여 동일 수익률로
15년이 더 흘렀다 가정하면.

A는⋯괜찮은 투자였네요.
100만을 투자해 원금 제외,
6300만 원을 벌었습니다.

그리고 B는

63억 원을 넘었네요

193

129,300,000

오후 내내 2층과 6층은 한 치의 양보도 없이 팽팽히 맞섰다.
목청 높여 언쟁을 벌였다.

지금까지 번 상금, 전 3억!
2층 님은 겨우 1억입니다!
겨우 그 정도 돈으로 뭐라도
할 수 있을 것 같습니까?

앞으로도 돈에 허덕이며
살아야 할 인생임엔 변함없습니다!
2층 님 딸을 위해서라도 그런 삶에
만족하면 안 되는 거 아닙니까?!

다시 말하지만, 객기 부리다 진짜 큰일 나면 어떡할 건데? 여긴 병원도 의사도 없어. 돈 좀 더 만지려다가 인생 끝장 나는 수가 있다고!

뒈져버리면 수억이든 수십억이든, 그게 무슨 의미가 있어! 내 딸은 내가 보살피지 않으면 하루도 제대로 못산다고!

두 사람 모두
다르지만 틀리진 않은 정의를 지니고 있었기에
한 치 물러섬 없는 설전은 계속됐고

……계속 그렇게 나오겠다 이거지?

그럼, 내가 직접 끝낼 수 밖에 없겠네. 이 게임

게임을 버릴⋯즉, 돈을 버릴 각오만 있다면,
그래, 2층 말대로 게임을 끝낼 방법은 얼마든지 있다.

게임 종료술 1식!
쓰레기 연속 투척의 술!

게임 종료술 2식!
카메라 지속 가리기의 술!

게임 종료술 3식!
야간 외출 후 무한 배회의 술!

룰을 어긴 대가로 시간은 반으로 반으로 또 반으로 줄창 반으로 줄다
결국

2층이 저런 무책임한 행동을 할 사람이라
생각하진 않지만, 그건 누구도 보증할 수 없는 일.

내가 없으면

개는 죽어……

우리의 돈보다는,
본인의 딸이 훨씬 소중할 테니.

저도 2층 님 의견에 동의해요.
이 게임, 더 하다간 진짜 목숨을
걸어야 하, 할 것 같아서…

한참을 조용히 듣고 있던 1층의 참전.

그의 참전으로 불꽃 튀던 6 vs 2 언쟁은 잠시 진화,
일시 소강 상태로.

그리고 난 아직, 어느 편에 설지
어느 의견에 따를지 정하지 못해
밤새 머리만 굴려대는 신세.

게임 시작 45일째. 지난밤의 그 오랜 고민이 무색하게도
아니 고민이 뭐였는지 기억도 나지 않을 정도로

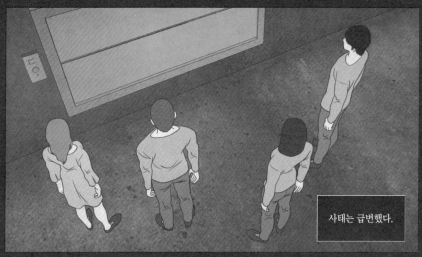

사태는 급변했다.

간밤에 벌어진 알 수 없는 이벤트 덕에
시간은 터무니 없을 정도로 크게 늘어나 있었고

주최측을 대만족시킨
그 '어떤' 이벤트의 정체가

1층은……
어디 있지?

모습을 감춘 1층과
관련 있을 것 같다는
불길한 예감이 강하게 들었다.

파이게임
PIE GAME

#24

"환상과 현실"

하룻밤 사이
터무니없이 늘어나 있는 시간.

1층은 어딨어?

뭔 사고라도
친 거 아냐?

늘어난 시간과 잠적한 1층의
상관관계는 분명해 보였다.

그리고 이 상관관계가 좋은 의미의
관계맺음은 아닐 것 같다는
불길한 예감 또한 들었다.

1층!!

콰쾅쾅쾅-

문 열어봐!!!

뭐해? 문 좀 열어
보라니까!! 1층!!!

콰쾅꽝쾅쾅-

한참을 두드렸지만
아무런 대답이 없다.

대답은커녕 인기척조차 없다.
증발해버린 게 아닐까 착각할 정도로.

시X 뭐가 어떻게 된 거야…
강제로 따야 하나?

그때.

열린 문에서 가장 먼저 날 반긴 건
진하고 역한 피냄새.
그다음 우리를 반긴 건.

사…살려……

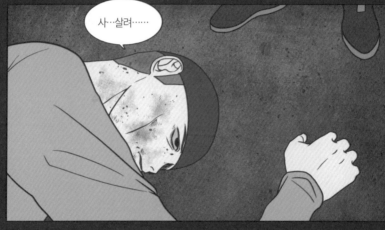

주세요……

1층의 상태는 심각해 보였다.

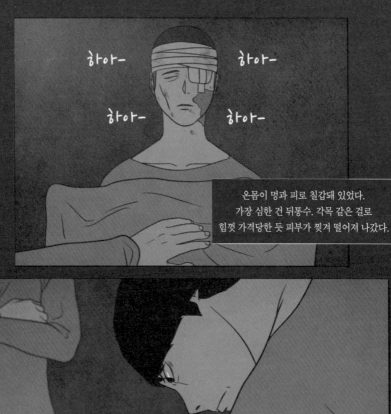

온몸이 멍과 피로 칠갑돼 있었다.
가장 심한 건 뒤통수. 각목 같은 걸로
힘껏 가격당한 듯 피부가 찢겨 떨어져 나갔다.

뒤통수를 후려갈긴 건 뚜렷한 습격의 사인.
게임을 그만두려 한 것에 대한 본보기로의 보복.

너희들이지. 응?
우리가 겜 끝내자 해서
후린 거지?!

이…비겁한
새x들……

비겁하……지만 옳은 전략이다.
2층에 비벼보는 건 너무 리스키 하니까.

93,378,000

범인도, 범행 시간도, 범행 가담자도,
저 카메라는 모두 보았고 담았을 테지만.

저 캠의 용도는 방범용이 아니라 유흥용.
우리가 볼 수 있는 방법은 없다는 건.

하긴, 증거가 없긴 하지.
그러니까 여기서 니들 박살 내도
증거 같은 건 안 남을 거고 맞지?

1층 깨면 물어 보자구. 응? 그때도 지금 처럼 뻔뻔하게…

2층 님……

1층! 정신 들었어? 괜찮아?

죄송…… 합니다……

1층은 보지 못했다 했다.
정확히 말하면, 볼 수 없었다 했다.

어제밤 늦게, 누군가
제 방 문을 두드렸어요

뚝뚝뚝-

얘기 나누거나 하기엔 너, 너무
늦은 시간이었어요. 각 방 출입문
폐쇄가 얼마 남지 않았으니.

이상하다 생각하며
일단 문을 열었는데

끼이이익-

그러니까, 1층 족쳐서
본보기를 보이면

피식-

나머지는 쫄아서
니들 말 잘 들을 거다…
이딴 속셈이었던 거네?

그, 같잖은 협박 덕분에
결심은 확실히 섰네.

시작 45일째. 게임은 멈춰섰다.

더 나아갈 동력을 잃고 잔여 시간을 소진하며
의미 없는 공회전만 하고 있다.

전광판 숫자가 0이 되는 순간. 끝. 파이게임은 이걸로 종료…

지만, 사람들은 각자의 방으로 잠적.
더이상 어떤 교류도 의논도 없다.

후우…

180시간 남아 있고…
내 시급이 12만 원이니까……

이대로 겜 끝나면 최종
상금은 대충…1억 5천?

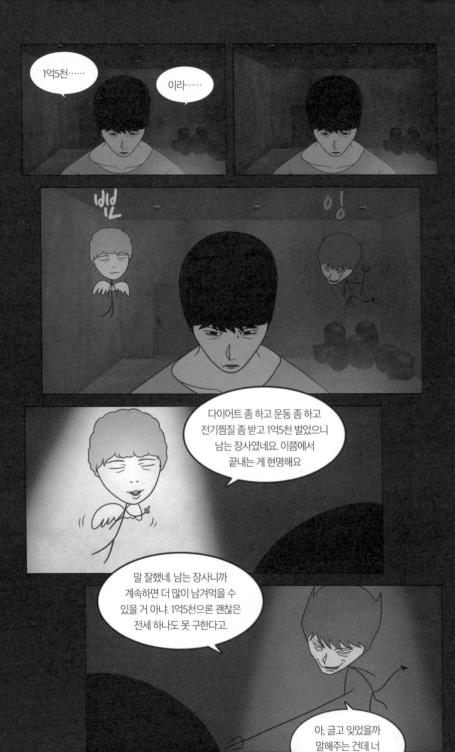

뿅-

누런 놈 말도 맞고 검은 놈 말도 맞다.
둘 중 누가 말을 더 잘하오? 물으면
둘 다 잘한다고 귀 핥으며 대답할 수 있다.

분명한 사실 하나는

계속 진행하는 걸 선택한다 해도
더이상 전과 같지는 않을 거란 것.

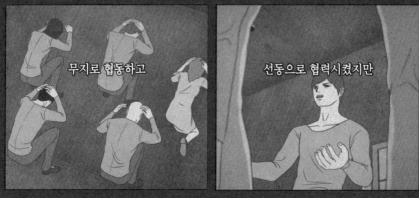

무지로 협동하고

선동으로 협력시켰지만

이제 더는 협동도 협력도 협의도 불가능할 것이란 것.

그리고 결정적으로

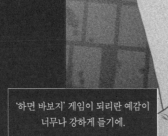

전기충격 체험단 모집

횟수 : 주 (아마) 1회

주급 : 주 (약) 2천만원.

'안 하면 바보지' 게임에서…

사후체험단 모집

망확률 : (아마) 1/7

주급 : 주 (약) 2천만원.

'하면 바보지' 게임이 되리란 예감이
너무나 강하게 들기에.

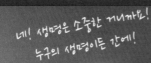

네! 생명은 소중한 거니까요!
누구의 생명이든 간에!

목숨이 소중하긴 하지.
내 목숨만 소중하긴 하지만 여튼.

서서히
노란 놈과 검은 놈의 생각이
일치되어 간다.

게임 시작 46일째

상황은 아무것도 변하지 않았다.
밖은 한없이 조용하고,
안은 더없이 고요하다.

좀……

작작 좀!!

쾅-

어제와 마찬가지로 오늘도
물도 도시락도 일절
내려오지 않고 있다.

시X 목말라
뒈지겠는데…

본인도 모르지는 않을 것이다.
식음료를 볼모로 한 협박은 게임을
계속할 의지가 있을 때만 먹힌다는 걸.

이해 못하는 거
아냐? 멍청해서……

잠깐만.

혹시……

지난 46일 내내, 나 혼자 착각하고 있었던 거 아냐?
라는 의심이 들었다.

와 지문 인식!

전 게임과는 다르게, 문은
방 주인의 지문으로만 열린다.
즉 안전이 보장된다.

그래, 이거면
안심할 수 있지.

하지만, 이 '안전'과 '안심' 제공의 의도가
위층, 즉 권력자들을 향한 것이라면?

들은 적 있다. 역세권
어쩌고 하는 좋은 아파트는,
애매한 부자들을 위한 동네라고.

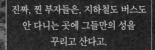

진짜, 찐 부자들은, 지하철도 버스도
안 다니는 곳에 그들만의 성을
꾸리고 산다고.

찾았습니다 3층 님.
방에 안 계셔서.

잠시 이야기 좀
나눌 수 있을까요?

하긴, 암살(?) 시도를 하기엔 여기, 계단실은 너무나 공공장소(?)지만,
조심해야 한다. 나 외엔 모두 용의자니까.

이야기요?
뭔데요?

6층은 성격답게,
단도직입적으로 내 의중을 물었다.

계속
GO
할건지
그만
STOP

할건지를

한시적이지만 4,5층이 탈락한 지금,
위층과 아래층 사이 한가운데 내가 있으니.
그래. 이 시점에선 내 한 표가 중요하겠지.

이게 바로
(투표날이 가까워지면 잠시 주어지는)
권력의 꿀맛!

급할 거 없다. 제안이란 건 급한 쪽에서 걸어오는 거니,
지금 똥줄 타는 건 누가 봐도 위층 인간들.

그게…
쓰읍……

저는…
그러니까……

어떡하고
싶냐며언……

에잇. 뱉어버리자.

6층 님도 알다시피 이 게임,
아래층으로 갈수록 시간당
상금 입수액이 적어요.

주최측은 시간이 지날수록 더
자극적인 재미를 원할 테고, 그 말은
아래층의 투입 고통 대비 수익률은
떨어져만 간단 걸 의미하죠.

즉, 우리한텐 이 게임,
그닥 수지맞는 장사가 아닌 거죠.
그러니까… 제 제안은…

계약서……를
쓰면 어떨까 해요.

6층은
말없이 듣고만 있다.

224

전 게임에서 사용해 봤었어요.

함께 쓰는 겁니다. 각 층의 최종 상금이 얼마가 되었든, 게임 종료 시 7명 모두 공평히 나눠 가진다는 내용으로

주최 측도 참가자들 간 사적 계약은 인정해주더라구요.

그럼 저 포함, 아래층 분들도 게임 지속에 동의하지 않을까요?

안다 나도. 바보가 아니니까. 이는 부담스러움을 넘어 무리스러운 요구란 걸.

하지만 다 계산된 전략이며. 계획된 협상 테크닉이다.

문 안에 얼굴!

*본 회상씬은 본 설명과 그닥 관련 없습니다.

Door in the face 테크닉. 어렵고 힘든 제안을 먼저 제시한 후,
거절하면 점차 제안의 강도를 낮춰 승낙을 받아내는.

인데……

왜, 왜 저래 무섭게.
승낙이든 거절이든 대답이든 대꾸든 뭐든 좀…

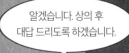

알겠습니다. 상의 후
대답 드리도록 하겠습니다.

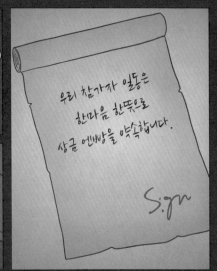

우리 참가자 일동은
한마음 한뜻으로
상금 언배방을 약속합니다.

Sign

뭐야. 이걸로 끝? 그걸로 된 거야?
그럼 혹시, 정말로?

상금 엔빵 성사되는 거 아냐?
그렇게만 되면, 그것만 이뤄진다면,
정말, 그렇게만 되어준다면……

대박이잖아!!!!!

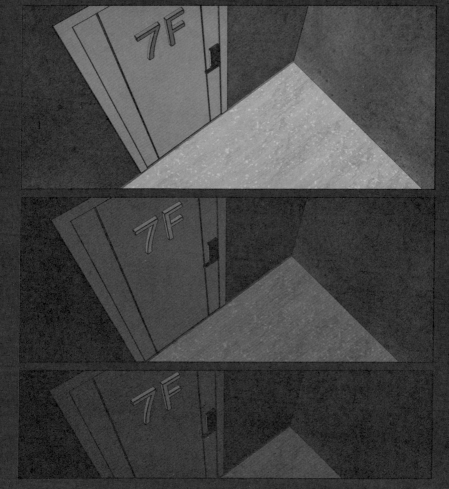

하지만 저 제안이

주세……요……

얼마나 헛된 꿈,
그야말로 몽상에 불과했었는지
확인하는 데엔

그리 오랜 시간이 필요치 않았다.

살려…
주세요……

제발……

시키는 건…
뭐든 할 테니……

살려……
주세요……

파이게임
PIE GAME

#25

"제발 기회를 주세요!"

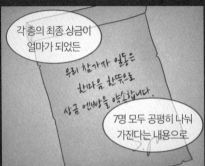

계약서를
쓰면 어떨까 해요

각 층의 최종 상금이
얼마가 되었든

우리 참가자 일동은
한마음 한뜻으로
상금 엔빵을 약속합니다.

7명 모두 공평히 나눠
가진다는 내용으로

그럼 아래층 사람들도
게임을 계속할 유인이
생길 테니까요.

알겠습니다. 상의 후 대답
드리도록 하겠습니다.

대박. 이거.

진짜로 엔빵 성사되는 거 아냐?

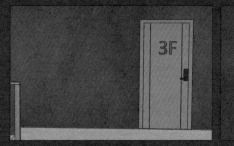

…라고.

잠시 엔빵뽕에 취해 정신이 나가 있었지만
머리가 식어갈수록 찝찝함만 침전된다.

흐음……

그 제안은 막 던진 미끼였다.
거절이란 거듭할수록 힘들어지는 속성이 있으니
무리한 제안을 먼저 투척해 그 게이지를 쌓으려는.

ㅇㅇ 알겠음.
상의 후 대답 드림.

하지만 돌아온 대답은 너무 쏘쿨했고
그 쿨내음이 영 마음에 걸린다.

흐으으으음흐음…

대충 계산해 봐도 내 제안이 얼마나 황당한 것인지 알 수 있다.

현재 각 층의 대략적 상금은 이정도.
이를 합친 후 7로 나눠 보면

670,000,000   248,000,000
335,000,000   248,000,000
223,000,000   248,000,000
167,000,000   248,000,000
133,000,000   248,000,000
111,000,000   248,000,000
95,000,000   248,000,000

이렇게 된다. 아래층은 소리벗고 팬티지를 만한
딜이지만. 위층은? 이 제안을 받아들일 이유가 있나?

133,800,000

혹시 초 장기전을 생각하는 건가? 그럼 엔빵으로 손해본 금액을 벌충할 수 있나?

7층 현재 상금은
6억7천……엔빵
하면 2억5천으로
주저앉으니까…

다시 원금 6억7천만 원
복구하는 데 필요한 시간은……

뿔꺽-

125

대충 계산 때려 봐도
125일 정도 됐을때나 겨우 복구 가능하다.

그들도 지금쯤 계산을 끝냈을 테지.
그리고 깨달았을 거고. 이 제안은 받아들일 가치가 없단 걸.

그러니 아마도 다른 제안을 들고
나타나지 않을까, 강제 종료와
기계적 엔빵 사이, 그 어디쯤 위치한……

위이이이잉-

133.

?

위이이이이잉-

!!!!

물이다! 이틀 만에 드디어!! 물!!!

덥석-

히야-
군침이 싹 도노

계획보다 더 잘 풀리는 느낌이다. 이 공물은 누가 봐도 협상 개진을 위한 화해……
아니 적어도 유화의 메시지.

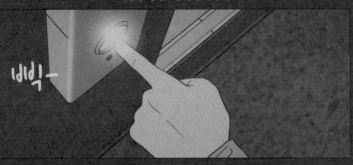

삐빅-

그래, 생각해보면 당연한 거 아닌가?
어째서? 어째서 같은 공간 같은 상황에서
똑같이 고생하고 있는데

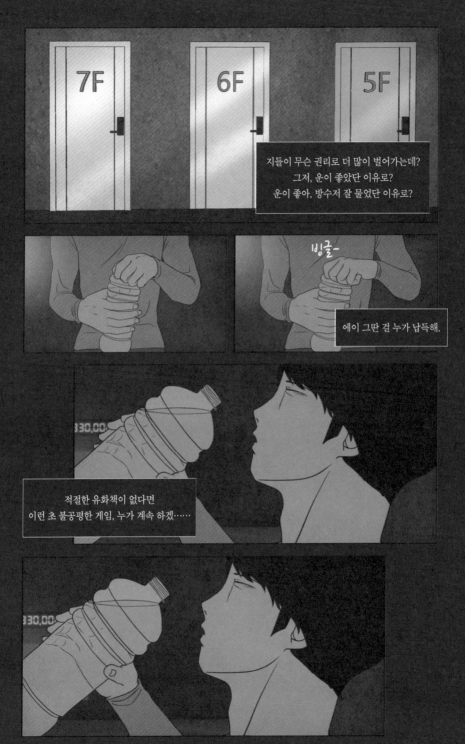

······?

잠깐.

잠깐만.
뭔가······

뭔가 이상하다.
뭔가 평소와는 다르다.

뭐지? 무슨 위화감이지 이건?
색도 냄새도 점도도 평소와 다름없는 '물'인데
뭔가 건너뛴 듯한 이 찝찝함은 대체······

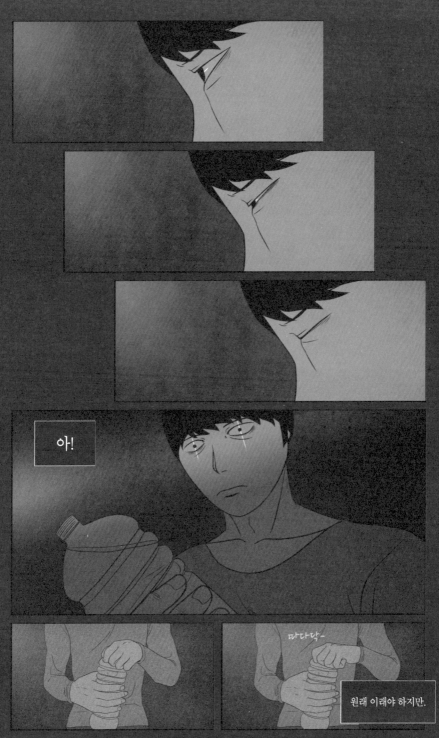

아!

따다닥-

원래 이래야 하지만.

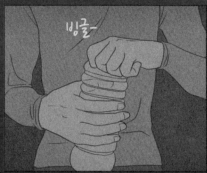

방금은 이랬었다. 이 '따다닥-'이 생략됐다.

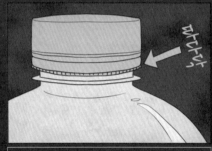

밀봉의 증거이자 첫개통의 축하음인
'따다닥-' 소리가 들리지 않았다!
돌려 딸 때의 저항도 전혀 없었……

탔다. 물에. 뭔가를. 섞었다. 알려야. 한다. 서둘러. 아래층에.
특히, 2층에게!!!!!

239

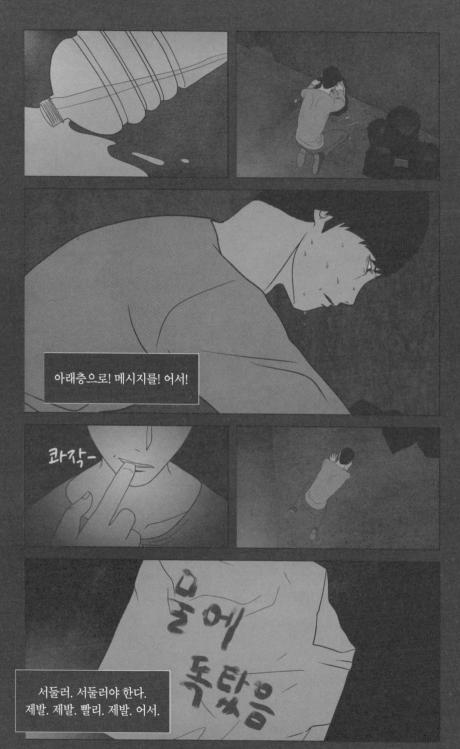

아래층으로! 메시지를! 어서!

콰작―

서둘러. 서둘러야 한다.
제발. 제발. 빨리. 제발. 어서.

어서! 서둘러!! 빨리!!!

제발……

닿기를. 2층에게. 늦지 않게 이 메시지가. 닿기를.

제발……

133,840,000
133,840,000
133,840,000
133,890,000
133,890,000
133,890,000

하지만
임기응변의 저항으로
심사숙고한 계략을 무산시키는 건

한계가 있었다.

3층 님, 쪽지를
내려 보내셨더군요

안타깝게도, 조금
늦은 것 같습니다……

이미 당했다 2층은.
그리고 아마 1층도.

문 좀 열어주시
겠습니까? 이야기를
나누고 싶습니다.

열라고? 이제와서? 잠궈놓을 땐 언제고?!

아니! 안 열어! 나도 못 나가고 니들도 못 들어오고! 잘됐네!

이걸로 끝이야! CCTV 싹 다 가려버릴 거니까!

니들이 자초한 일이잖아! 이 게임! 너희 위층 새X들이 말아먹은 거라고!!

라며 필사적으로 저항하고 있지만, 사실. 사실은.

……그렇습니까?

두렵다. 알고 있기에. 저들, 특히 저 6층이 아무런 계획 없이 이런 일을 벌이진 않았을 거란 확신이 있기에 너무나도 두렵다.

쪽지 보내신 거…제가 어떻게 알았을까요?

첫날 받은 초대장에 쓰여 있었죠.

본 게임의 종료 룰은 아래와 같습니다.

참가자 중 하나라도 죽으면 그 즉시 게임은 끝난다고.

- 잔여 시간이 0이 되었을
- 참가자가 사망하였을 경우.

그 룰을 보는 순간, 이번 게임은 적어도 목숨을 보전할 순 있겠구나. 라는 생각이 들었지만.

곧, 반대의 경우 역시 가능하단 걸 떠올렸습니다.

누군가 죽으면 게임이 끝난다는 말은.

게임이 끝나면 누군가를 죽여도 괜찮다는 말과도 같다는 걸.

반박할 수 없다. 잔여 시간이 0이 되는 순간.

우리들의 목숨값도 0. 아무런 이용 가치가 없어지니.

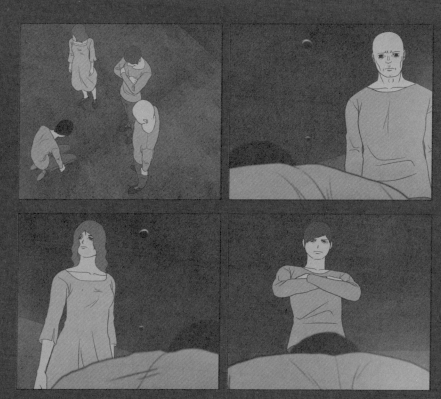

언제부터 계획하고 있었던 거지?

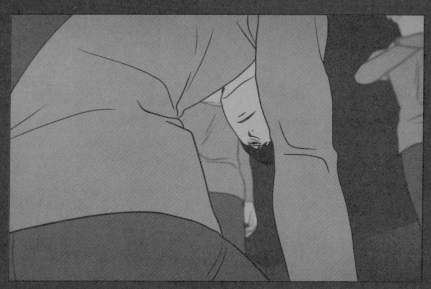

아니, 언제부터가 아니라 아주 처음부터 그럴 작정이었을 테지?
그러니까 이렇게 삽시간에 아래층을 제압할 수 있었겠지?

힘을 모아야 합니다. 두 번 다시 주최 측에 당하지 않도록.

저는 위층을 설득할 테니 3층 님은 아래층을 설득해 주십시오.

'웃음'을 제공하면 시간이 늘어난다로 일단 속이도록 하죠.

본보기를 보여야 합니다. 다시는 게임을 망칠 생각 못하도록!

아, 그래. 그랬었지. 잊고 있었던 기억이 떠올랐다.
6층은.

이 사람은.

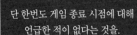

단 한번도 게임 종료 시점에 대해 언급한 적이 없다는 것을.

249

주세…요……

살려……
주세요…

뭐든…시키는건
뭐든 다 할 테니……

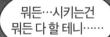

파이게임
PIE GAME

#26

"한계를 시험하다"

게임 시작 47일째.

깨끗한 물 한모금
입에 대지 못한 지는 3일째.

몸은, 남은 수분을 지켜내기 위해
장기로 배급하는 수분을 줄이고, 땀 배출을 멈춘다.

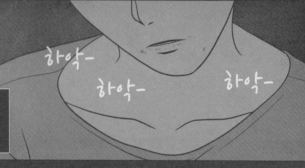

이에 체온은
끝간 데 모르고 올라가다
마침내.

하악-

하악-

하악-

하악-

하아아-

뇌가 타들어가기 시작한다.

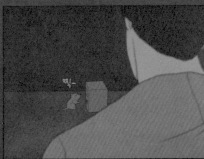

찍~

찌이이.......

찍스?

…지마…

137,390,000

이 게임 내내 저 숫자에서 눈을 떼지 못하고 일희일비했다.
하루는 웃고 다음날은 울고, 또 다음날은.

하지만 이내 깨달았다.
저 의미 없는 토트 덩어리들이
내 목숨을 보장해주진 않는단 걸.

삶이 우선이다. 누군가, 내게, 맑고 차가운,
물 한 통만 준다면. 그렇게만 해준다면!

다 줄 수 있다! 이딴 숫자 따위!
다
모두 다!!!!!

그런 나약한
생각 때문에.

실패한 겁니다.

물을 준다 해도, 음식을 준다 해도,
심지어 목숨과 맞바꾼다 해도,

저 숫자는
지켜내야 합니다.

그게 삶입니까?
그런 게 인생이냐구요!

그런 삶! 그딴 목숨에!
무슨 가치가 있습니까!!

그, 그래도! 아무리
그렇다 해도!

돈이 목숨보다 중요하단
말은… 그건 너무!!!!

전혀 이해를 못하는군요.
아니면, 이해하는 게 두려워
외면하는 겁니까.

자살의 주된 이유는 생활고.
즉 돈이 없어서입니다.

3층 님 말대로
목숨이 돈보다 절대적으로
소중하다면.

돈이 없어 목숨을 끊는 건
어떻게 해석해야 하죠?

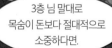

다그치듯 묻는 6층의 말에
아무런 대꾸도 반박도 할 수 없었다.

그는, 본인의 말의 당연한 증명이듯,
돈에 대한 광적인 신념과 집착으로
공회전하던 게임을 재점화 시켰다.

그 연료로 우리, 아래층 사람들을 갈아넣어.

냉정하고 고지식하지만 공정하고 정의로운 사람이라 생각했는데.

아니, 눈치채지 못했던 것뿐인가? 애초에 사이코패스였는데,

하지만, 에~ 그렇게 단정 짓기엔
의아한 부분들이 있지 않았나요?

그는 누구보다 게임 유지에
헌신적이었죠. 도시락을 나눠 주자
먼저 제안한 것도 그였고, 7층의
일탈을 저지한 것도 그였죠.

심지어 최상층 권력자
임에도, 단 한번도 이를
악용한 적이 없어요.

그러니 어쩌면 그는,
이 게임에 필사적일 뿐인
'평범한' 사람은 아닐까요?

여러분들은, 에~ '악의 평범성'이란 말을 들어보셨나요?

악행은 소위, '악마 같은' 사람들의 전유물이 아니라,

그저 상관에 복종하고 상사에 순응하고 가정에 헌신할 뿐인

그런 평범한 사람들에 의해 자행되는 경우도 많다는 거죠.

에~어쩌면 '악행'을 보는 관점이 서로 달라 발생한 일일 수도 있죠.

6층에겐 가정과 가족이 최고의 우선순위니.

같이 흠뻑 즐기실?

거절합니다. 저는 아내가 있습니다.

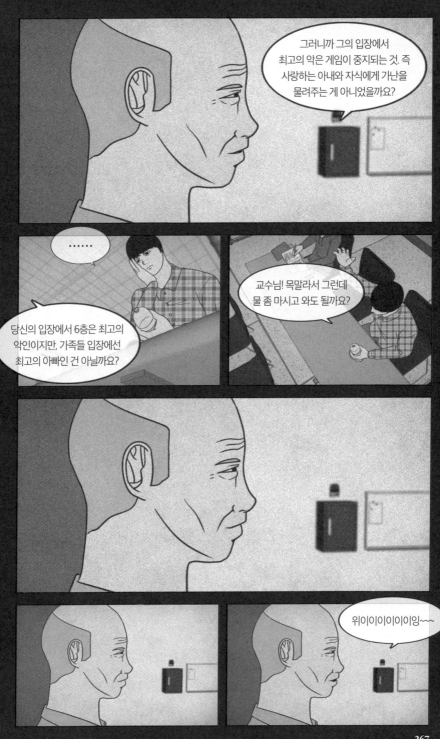

위이이이이잉-

137,430,000

철컹-

!

물.
이다.

3일 만에, 드디어, 진짜,
물이 내려왔다.

독은 의심하지 않는다.
아니 들었어도 상관없다.
그런 걸 따질 뇌도 타버렸으니.
하지만.

꾸...울꺽-

이…개같은…
새끼들……

여기서 내가 반을 더 마시면
남는 물은 겨우 1/4통 남은 두 명이
마시기엔 턱없이 모자란 양.

당장 입속으로 털어넣어 버리라고.
온몸, 고사해가는 세포 하나하나가 아우성을 치지만

다행히.
정말 다행하게도.

안돼……

참아야 한다고. 목만 축이고 내려보내라고.
뇌는 힘겹게 부여잡고 있던 이성을 짜내
올바른 선택으로 날 이끌어주었다.

꿀깍-

당장의 쇠약과 복종은 어찌할 바 없다 해도
영구적 분열은 막아야 한다고.

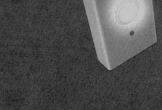

물을 남겨야.
조금의 가능성이라도 남기는 거라고.

삐익-

언젠가, 함께 힘을 모아.
이 상황을 타개할. 저들을 물리칠.
그럴 가능성을……

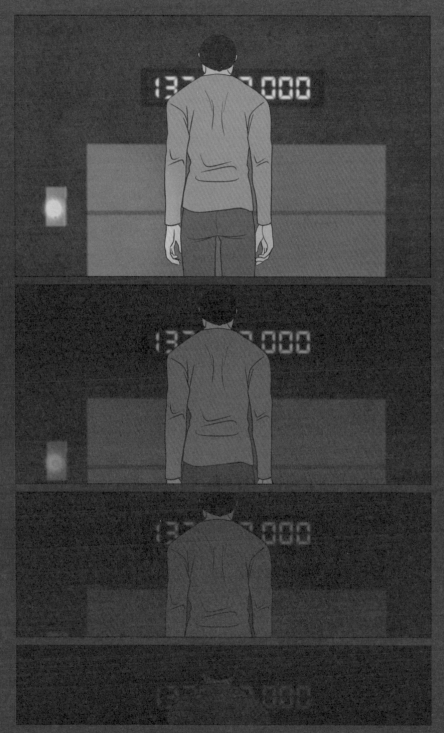

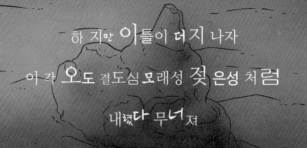

하지만 이틀이 더지나자

이가 오도 결도심 모래성 젖은성처럼

내렸다 무너져

앞눈앞에 서조수를반복하는 실질적 3F

죽공음포 앞서는건 에서는

의지도 저항도 각오도 희망도 대비도 투지도 각오도

한낱.
한낱.
한낱.
한낱.

주세요…………

살려…
주세요……

아!

나오십시오 3층 님.
열어드렸습니다.

아……
아아……

아아아아아아……

함께 가시죠. 드실 물과
음식을 준비해뒀습니다.

뭐지. 대체. 이 감정은.
대체 뭐지. 왜. 나는.

네……

"물과 음식을 준비해됐다."
는 그의 말이 어째서 이토록
따뜻하게 들리는 거지.

하마터면, 진짜 하마터면.
저 다정한 초대에 감사하고
심지어 감동해

그만 참지 못하고
멍청이처럼
눈물을
쏟을 뻔했잖아.

흐극-

히끅-

흐그극-

파이게임
PIE GAME

#27

"무조건 복종"

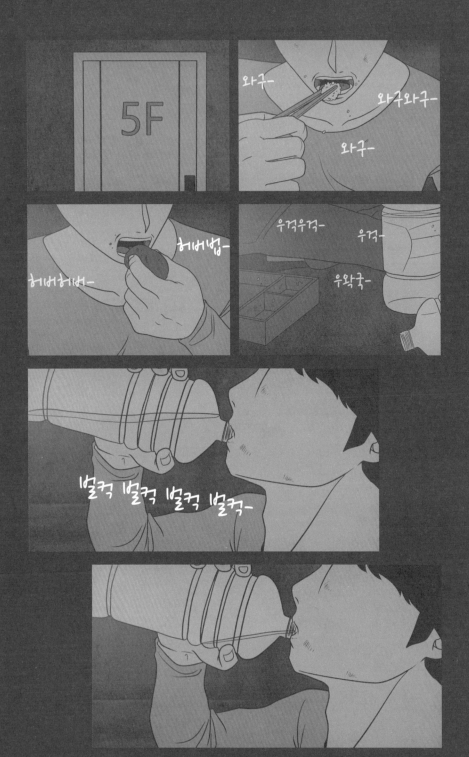

278

파하아아아-

하아-

하아-

하아-

하아-

식사, 맛있게
하셨습니까?

'맛'이 있었냐고? 아니, 그딴 건 느껴지지도 않았다.

삼일 만에 영접한 영양분과 수분은,
미감 따위의 소소한 기쁨이 아니라
생존의 쾌감 그 자체였으니.

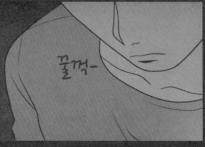

네……
감스……

꿀꺽-

무심코, "감사합니다."란 말이 튀어나오려는 걸, 놀라 씹어삼켰다.

감사해? 애초에 날 이 지경으로 만든 게 니들인데,
병 준 다음 약 줬다고 감사를 해?

알지만. 하지만. 비참한 건.
스쳐 지나가긴 했지만 '감사한'
마음이 들었던 게 사실이란 것.

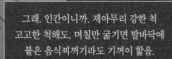

그래. 인간이니까. 제아무리 강한 척
고고한 척해도, 며칠만 굶기면 발바닥에
붙은 음식찌꺼기라도 기꺼이 핥을.

동물과 전혀 다를 바 없는.
동물이니까.

3층 님. 선택지를
드리겠습니다.

다시 방으로 돌아가실지,
아니면 우리 지시에 따르실지,
둘 중 하나를 선택해 주세요

계속 독방에서 고문받을래.
그만 포기하고 우리 개 될래?

그는 선택지를 주었다 했으나
내게 주어진 선택권 같은 건 없다.

그러니.

할…게요…

281

게임시작 50일째.
위층 분들의 강력한 의지로 파이게임 파크 재개장.

리모델링 전과 달라진 점은 하나.
시간을 버는 플레이어가
7인에서 4인으로 줄었단 것.

이 잔여 시간의 유지가

여러분들의 일간
목표입니다.

즉 여러분들은, 하루 최소 24시간을 확보하셔야 합니다.

플레이어가 줄어든 만큼 벌어야 할 몫은 더 커졌고

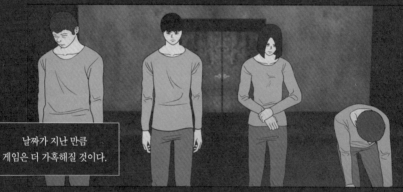

날짜가 지난 만큼 게임은 더 가혹해질 것이다.

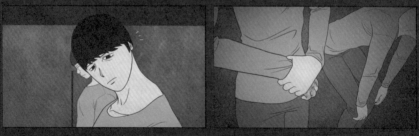

당했구나. 안타깝게. 더 강하다는 이유로 더 철저하게, 날개를 부러뜨려 놨……

?!

뭐지? 저 눈빛은? 어째서 나한테
저런 살기어린 눈빛을……

아. 물 때문이구나. 당연한 오해다. 2층은 진실을 모르니까.
진실을 알릴 채널은 위층에서 다 막아버렸으니까.

조, 조금만
마시고
내려줘야…

아니 진실을 말한다 해도, 그게
진실이라 증명할 수도 없으니까.

오, 오햅니다 2층 님.
전 물 조금밖……

떠들지 마! 때린다!
시,시…신발넘아!

히익!

저들의 계략은 성공했다.

우린 한없이 약해지고
또 굴종하다

마침내 분열에
이르렀다.

이렇게까지 하고
싶진 않았지만

더이상, 식음료는 무상
으로 지급되지 않습니다.

이제 식음료를
포함한 모든 물품은

이 코인을 지불해야
구매하실 수 있습니다.

도시락과 물은
각각 1코인.

3 HOUR = 1 COIN

기타 위생용품 등도
1코인에 적정량 판매
하도록 하겠습니다.

3시간을 버실 때마다
1코인이 지급되니

당연히, 한 번에 많은
시간을 확보하는 게
여러분들에게 유리하겠죠

상큼하게 계산된
시간 : 코인의 환율.

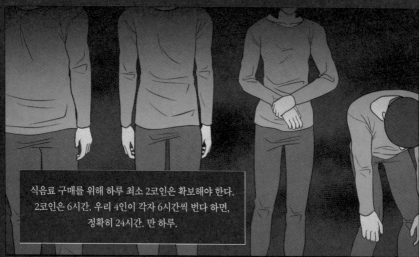

식음료 구매를 위해 하루 최소 2코인은 확보해야 한다.
2코인은 6시간. 우리 4인이 각자 6시간씩 번다 하면,
정확히 24시간. 만 하루.

한 번 지급된
코인에 대해선 용처를
묻지 않겠습니다.

양도하시든
교환하시든 처분은
자유입니다.

그러니

코인을 대량 취득하신 분은
휴식을 취할 수도 있고 심지어
휴가를 가질 수도 있겠죠

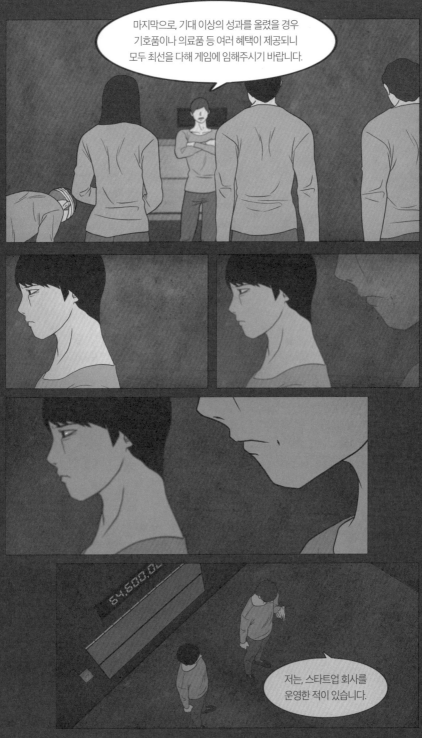

6층은 어쨌든,
한 법인의 대표였던 사람.
그 경험을 살려

설계한 코인 시스템은 노동에 대한 보상으로
급여와 복지가 주어지는 전형적 기업 구조.

< 사용자 >

노동제공   급여제공

< 사용인 >

그리고.

지금 당장은 저희들이
원망스럽겠지만

참고 견뎌 주십시오
훗날, 쌓인 상금을 보면

그때는 분명 저희들에게
감사하게 될 겁니다.

그리고
저 멘트 또한.

너무나도 전형적인
사용자의 격려사.

여러분이 하실 게임은
랜덤 뽑기로 결정됩니다.

왕게임 뽑기함의 재활용…
이지만 왕게임의 재탕은 아니었다.

체력을 겨루는 게임부터
지략이나 전략이 필요한 게임
까지 다양히 준비되어 있으니

뽑기 운 또한 승패의
일부분이라 할 수 있겠죠.

게임의 최종 승자는
벌칙 면제권을 받고,

나머지 3인 중에서 벌칙자가
랜덤하게 선정됩니다.

이로써 연장된 시간, 즉 획득하신 코인의 배분 방법에 대해선…

이는 부연 설명이 필요하니, 첫 번째 게임이 끝난 후 다시 설명 드리도록 하겠습니다.

"부연 설명이 필요하다." 저 대사가 못내 불길하다.

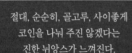

절대, 순순히, 골고루, 사이좋게 코인을 나눠 주진 않겠다는 진한 뉘앙스가 느껴진다.

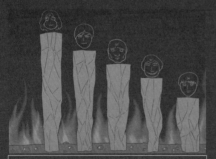

출발부터 불공평했던 '파이게임'이지만

저들은 이 불공정을 심화시키는 데 더욱 열중하고 있다.

우리들, 즉 아래층끼리 반목하고
증오하는 데 에너지를 쏟아붓는 만큼

위층을 향한 분노는
엷어질 테니.

죄송합니다. 설명이
길어졌네요

시간이 줄어들수록 여러분들이
메꿔야 할 몫이 커지니까.

바로 추첨 시작
하도록 하겠습니다.

…여러분들이 하실
첫 번째 게임은

술래잡기로 결정됐습니다.

옛 추억을 불러일으키는 동심 가득한 놀이 이름.

그럼, 게임에 앞서 각자⋯⋯

하지만 현실은 추억이란 단어도 동심이란 단어도 전혀 걸맞지 않는

'눈', '혀', '팔', '다리' 중 한 가지씩 선택해 주십시오.

의도를 알 수 없는 공포스러운 선택지가 놓여 있을 뿐.

파이게임
P I E G A M E

#28

"내가 이런 걸 해야 하는데!"

술래잡기에 앞서

'눈', '혀', '팔', '다리' 중에서
한 가지 부위를 선택해 주십시오.

꿀꺽—

뭐지. 저 불길한 선택지는. 설마……

눈

죽음의 메아리
해당 부위 손실

혀

죽음의 메아리
해당 부위 손실

팔

죽음의 메아리
해당 부위 손실

족

죽음의 메아리
해당 부위 손실

벌칙 부위를 선택하란 건가? 진짜, 설마, 그건가?

이유를 알려줘. 그걸
왜 고르라는지……

네. 설명 드릴
수 있습니다.

하지만.

그러지 않는 편이
더 재밌을것 같군요

그래. 언제나 먹히는 연출이다.
관객은 침대 아래 괴물의 존재를 알지만
영화 속 등장인물은 모르는.

마침내 괴물이 튀어나와
인물을 덮칠 때까지의 그 간극이
언제나 긴장되고 쓰릴 있는 법이다.

스으으으

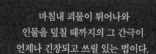

혀!

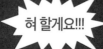

혀 할게요!!!

뭐지. 뭘 알고 저러는 건가? 왜 저렇게 다급하게 혀를 찜하는……

뭐야. 무슨 상황이야 이건.
왜 4층만 특별대우, 아니, 특별하대를……

알겠다! 저X끼였구나!
저 새X가 이 장난…아니, 난장의 원안자였구나!

왕게임은 시작일 뿐이고… 다른 껨도 엄청 많이 알고 있거든요

뭘 하든 우리한테 유리 하게 끌고 갈 수 있으니까… 계속 뭉쳐요 우리, 네?

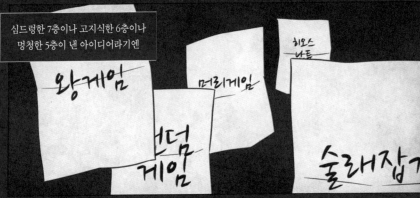

심드렁한 7층이나 고지식한 6층이나 멍청한 5층이 낸 아이디어라기엔

왕게임

머리게임

무덤 게임

히오스 바트

술래잡기

그래. 어쩐지 너무. 너무 버라이어티 하다 생각했다.

159:36

4층의 나댐힌트로, 저 선택지가 벌칙 부위 선정을
위장한 훼이크 선택지였음을 눈치챈 우리는

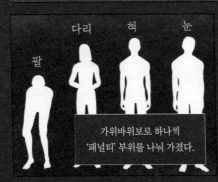

팔 다리 혀 눈

가위바위보로 하나씩
'패널티' 부위를 나눠 가졌다.

이 술래잡기는 오리지널과는 다른
두 가지 요소가 있었는데.

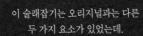

아……

아아아……

첫 번째는, 도망자들에게
신체적 패널티가 주어진단 것이고,
두 번째는.

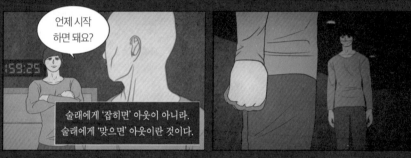

언제 시작
하면 돼요?

술래에게 '잡히면' 아웃이 아니라.
술래에게 '맞으면' 아웃이란 것이다.

리하이!

간접이지만
경험해본적 있다.

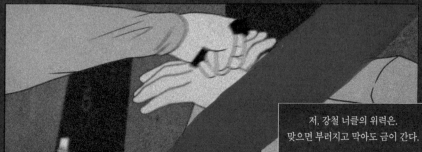

저, 강철 너클의 위력은.
맞으면 부러지고 막아도 금이 간다.

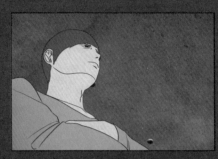

시작하시죠.

짝짝짝짝짝짝ㅡ

후읍.

우횟!

애초에 이 기획은
게임의 룰을 차용한 일방적 폭력 행위
그 외엔 아무것도 아니었다.

때려봐! 또 때려
보라고!!!

부러지고 으깨지는 사운드를
브금으로 깔며 즐기는
축제.

빠악ㅡ

사기꾼!
사기나 치고!!

자, 잠깐만요!
5층 님도…!

퍼억ㅡ

그리고 이 폭력이 이토록 스스럼없이 경쾌할 수 있는 건

게임 끝내면 안돼!
돈 못 번다고!!

빠각ㅡ

그의 무쇠 주먹에는 위층의 논리와 정의가 잘 도포되어 있기 때문.

도시락 나눠 줘서
고, 고맙습니다…

돈 숫자. 내 방이랑
다른데요?

나는 안돼요?
7층 님 좋은데…

애초에 비어 있는
사람이었기에

이토록 깔끔하게 속성 변화를
이뤄낸 것이겠지.

끝없는욕정 :
장착시 7층의 명령을
적극 따르게 됨

무리의응원 :
장착시 위층의 청찬에
힘을 얻게 됨

그릇된정의 :
장착시 폭력 사용을
주저하지 않게 됨

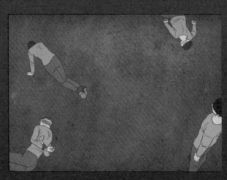

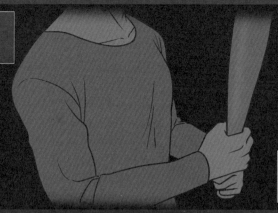

우승했잖아.
나.

그런데…
왜……

그런데!!

그런데 왜!
내가 이런 걸 해야 되는데!!!!!

벌칙, 진행하시죠.

"우승시 벌칙 면제"라는
6층의 말은 거짓은 아니었다.
하지만 좀 더 부연이 필요한 말이었다.

어…어으…
어으……

안돼요… 이건…
이건 도저히…

'벌칙을 받는 쪽'에선 면제지만.
'벌칙을 주는 쪽'이 되어야 한단 말이었다.

설명 드렸죠. 시간,
한번에 많이 버는 게 여러
분들께도 유리하다고.

이번 벌칙으로 24시간이
채워지지 않는다면 바로 다음
게임을 진행해야 합니다.

그러니 부디,
현명한 판단
하시기 바랍니다.

그의 말은 틀리지 않았다. 애매하게 휘둘렀다 시간을 충당하지 못한다면
또다시, 다른 게임, 같은 벌칙을 진행해야 한다.

으…으흑!!

그러니 해야 한다.
누군가는 해야 한다.
그러니 부디.

꽈악—

부디!

죄, 죄송합니다!!!

까아앙—

이해를.

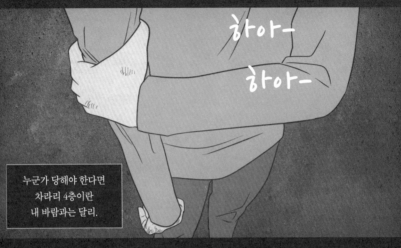

하아-

하아-

누군가 당해야 한다면
차라리 4층이란
내 바람과는 달리.

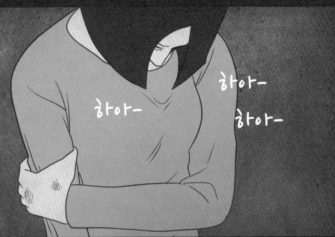

하아-

하아-

하아-

2층이었다. 하필 2층이었고.
2로서 2층에게 증오 2스택을 쌓았다.

차마 위로의 말도 건넬 수 없었다.
지금으로선 어떤 위로를 건네더라도
위선자의 위언으로 보일 뿐일 테니.

총 26시간
적립됐군요.

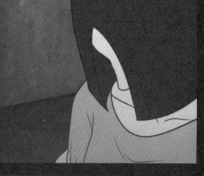

다들 수고 하셨습니다.
약속대로 코인을 지급해
드리도록 하겠습니다.

피와 고통을 돈과 시간으로 교환하며 이렇게 하루를 살아남았다.

서로 상처 주고 상처받으며
이렇게 하루를 견뎌냈다.

각자, 가지고 싶은 코인
개수를 적어주십시오.

누가 몇 개를 적었는지는 비밀에
부칠 테니 눈치 보실 필요는 없습니다.

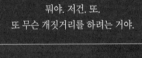

뭐야. 저건, 또.
또 무슨 개짓거리를 하려는 거야.

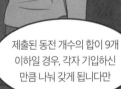

제출된 동전 개수의 합이 9개
이하일 경우, 각자 기입하신
만큼 나눠 갖게 됩니다만

총 합이 9개를
초과했을 경우.

파이게임
PIE GAME

#29

"절호의 기회"

각자 원하시는 코인의
개수를 적어 제출하십시오.

하지만

도합 9개가 초과될 시 오늘
획득하신 코인은 전량 회수되니

부디 충분히 숙고하신 후
기입해 주시기 바랍니다.

너무…… 길다. 이 길고도 긴 하루가
도무지 끝날 기미를 보이지 않는다.

6층은 끝까지, 끝의 끝까지.
우리들에게 단 한 톨의 여유도
허락하지 않을 생각이다.

듣는 순간 이해했고
싫지만 인정했다.

쪽지와 펜을 지급해
드릴 테니 한 분씩 나와서
가져가 주십시오

그가 고안한 룰은 악마적이다.
악마적으로 훌륭한 결핍의 유도장치다.

결핍이야말로 지배의 선결 조건이니까.

삶에 여유가 생기면,
인간은 딴생각을 하게 마련이니까.

낮은 단계의 욕구가 해소된 인간은
반드시 더 높은 곳으로 시선을 돌리게 마련이니까.

그러니 이 코인 배급 룰은.

구조적 궁핍과 만성적 결핍을 고착화시켜
아래층들의 상승 의지를
뿌리부터 말려 죽이겠다는 저들의 의지.

사인 교환 방지를 위해 벽에 붙어서서, 거리를 두고 기입해 주시기 바랍니다.

그러지 않으시리라 믿습니다만.

부정행위가 적발되면 공동 책임을 물어

코인은 전량 몰수될 것입니다.

공동… 책임……

상은 개인에게. 벌은 단체로.

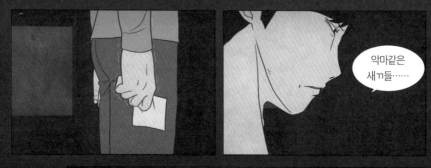

악마같은
새끼들······

개를 쓸 계획이었다.
4인이 2개씩을 가지는게 공평하니
그게 당연하다 생각했다.

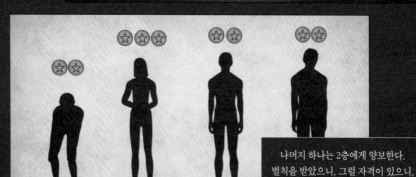

나머지 하나는 2층에게 양보한다.
벌칙을 받았으니, 그럴 자격이 있으니,
그게 당연하다 생각했다.

멈칫-

잠깐……

잠깐만. 그게 당연하다면 그 반대도 당연하다 여길 수 있지 않나?
남보다 더 맞은 2층이 더 가질 자격이 있다면

단 한 대도 맞지 않는 나는,
심지어 저들을 때린 나는, 다른 사람의 입장에서 본다면

그들과 같은 수의 코인을 가질
자격이 없다 생각할 수도 있지 않을까?

즉, 나 외 3인의 입장에서 본
'공정'한 분배는

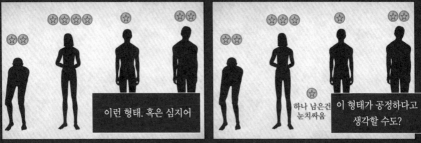

이런 형태. 혹은 심지어

하나 남은건
눈치싸움

이 형태가 공정하다고
생각할 수도?

꿀꺽-

그럼에도 끝끝내 2개를 고집하다
만에 하나 일이 잘못되면······

적어주신 코인
개수의 총합은······

10개 군요! 안타깝지만
오늘 버신 코인은 전량
회수하도록 하겠습니다!

이 결말만은 피해야 한다.
회복도 면책도 불가한 최악의 트롤링이다.

씨이브······

깨달았다.
없었던 걸. 내게는.
선택지 같은 건. 애초에.

모험의 이득보다는 실패의 손해가 압도적으로 크기에,
처음부터 위층의 의도대로 휘둘릴 수밖에 없는 게임이었단 걸.

제출해주신 코인
개수의 총 합은

7개 입니다.

의도대로 유도되어 매끄럽게 완성된 결말.

그럼, 각자 기입하신 개수
대로 지급해 드릴 테니, 유용히
사용해 주시기 바랍니다.

말했듯, 모험의 이득보다는
실패의 손해가 압도적으로 크기에.

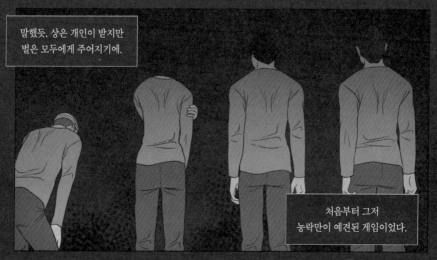

말했듯, 상은 개인이 받지만
벌은 모두에게 주어지기에.

처음부터 그저
농락만이 예견된 게임이었다.

손에 쥔 코인은 단 한 개.
이 코인의 용처는 선택의 여지없이.

꿀컥- 꿀컥- 꿀컥- 꿀컥-

꿀컥- 꿀렁- 꾸우--

케헉-

컥케에익컥-

천천히 드십시오 3층 님.
시간 제한은 딱히 없으니까.

쿠컥코-

생각도 못했던 핸디캡이
또 하나 뛰어나왔다.

스으읍.

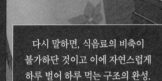

〈 패널티 룰 〉

식음료 방 밖으로 반출 불가.

위 룰에 입거, 이 식당 방문
방식은 테이크아웃이 불가하단 것.
구매한 자리에서 다 먹어야 한단 것.

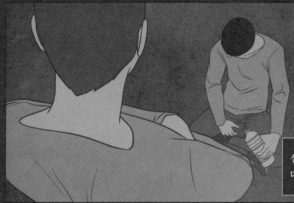

다시 말하면, 식음료의 비축이
불가하단 것이고 이에 자연스럽게
하루 벌어 하루 먹는 구조의 완성.

설마, 이것까지 염두에 둔 설계였나?
대체 얼마나 똑똑한 거지 저 사람은?

저 악마 같은 똑똑함으로 어디까지 사람을 몰아넣을······

......

어...... 잠깐.

저걸 이용하면
되지 않나?

배송구를 이용해 아래층에게
메시지를 내려 보내면......

코인은 공평히 분배.
분배 후 나머지 코인은
당일 배달자가 전량 획득.

그래. 이미 해본 적 있잖아.
아쉽게 실패했지만,
좋은 아이디어였잖아.

너에게 닿기를!!

경험으로 배웠다. 이 방법, 자정 이후 실행하면
절대 들키지 않는다. 개인실 문이 폐쇄된 후라면
위층도 감시할 방법이 없을 테니까.

이걸로 3,2,1층은 합의를 이룰 수 있다.
기회를 봐서 남은 4층에게만
몰래 쪽지를 전달하는 데 성공한다면!

그래! 그것만 성공하면!

......

끼이이익-

5F

구어억-

오늘 하루.
공복에 물배만 가득 채웠다.
하지만 괜찮다.

배송구 메신저 작전만 성공한다면
내일부터는 코인 낭비 없이
알찬 배분이 가능하······

소리가 나요.

응?

소리……
가 난다고?

뭔데 그게. 아니 갑자기
그런 말을 왜 하는……

!

아.
소리……

위이이이이이이이잉-

생각 못하고 있었다.
눈은 가릴 수 있어도
소리는 숨길 수 없다.
이유 없이 리프트가 움직인다면,

저들은 틀림없이
의심하고 수색할 것이다.

망할. 시X! 진짜. 시X! 망할.
이길 수가 없다. 아무리 수를 쓰고 대가리를
굴려도, 바늘 하나 들어갈 틈도 보이지 않는다.

근데.

뭐해!? 빨리
방으로 돌아가!

7층은 왜 그걸 미리 알려준 거지?
허튼짓 말라는 사전 경고인가?

안 들려?
어서 가자곳!!

아니면……

스무고개
입니다.

게임 시작 51 일째. 이번에 뽑힌 게임은.

천만 다행으로 두뇌 게임.
적어도 처때리고 처맞지는 않는.

스무고개

1층 님부터 돌아가며 한 분씩 질문을 하고,
질문 20개가 끝나기 전이든 후든, 정답을 먼저
맞추시는 분이 본 게임의 우승자입니다.

게임의 우승자 = 벌칙의 집행자.

답을 말했다 틀리면 기회는 다른 분에게
넘어가니 신중히 대답해주시기 바랍니다.

그럼, 바로
시작하시죠

때릴 것인가 맞을 것인가.
맞을 것인가 굶을 것인가.

사, 사람…인가요?

아닙니다.

그럼…동물이나 식물 같은, 생물?

아뇨. 살아 있는 건 아닙니다

대분류를 잘해야 한다.
초반에 잘 분류해야, 20개 질답 안에서
정답을 추출해낼 수 있다.

형태나 형체가 있는 것입니까?

아닙니다. 아무런 형태도
형체도 없습니다

생물도 물건도 아니다.
그렇다면…… 어떤 용어나
관념 같은 건가?

어떤 행위를 칭하는 단어…인가요?

……격렬히 몸을 움직이진 않지만, 행위라고 보는 게 맞겠군요

4개 질문 만에, 폭을 꽤 많이 좁혔다.
좋은 페이스다. 게임은 계속된다.

혼자 하는 건가요?
아니면 다,단체로?

혼자서 하는 경우는
거의 없으니, 단체라고
생각하시면 됩니다.

하면 즐거운 건지
괴로운 건지 말해줘.

즐거운 쪽입니다.
대부분의 경우.

문제의 답은……
우리 모두가 알고
있는 건가요?

네.
'알고 있을 수밖에'
없습니다.

혹시 이거….
넌센스 문제 인가요?

네, 그렇습……

정답!

즉, 2층에게

무기를 쥐여 줄 수 있는

절호의 기회가 찾아온 건 아닐까?

파이게임
P I E G A M E

#30

"이 게임이 파이게임인 이유"

아……
이 서늘한 감각…
대체 얼마만인지……
후회해도 늦었으니,
반성 정도는 하도록 해.
내게 무기를 넘겨준
'실수'에 대해서 말야.
어이어이……
2층은……
제대로 설 힘도
없던 거 아니었냐고…

기나긴 모멸과 핍박의 시간…
지긋지긋하던 차였다.

무도가 '2층'으로 돌아갈 때다!

유일한 희망.

신체의 패널티를 무기의 어드벤티지로
극복하는 이 전개가 지금 우리로선 유일한 희망.

그렇다면, 아니 그렇기에. 2층에게 우승 트로피를
쥐여 줘야 한다. 트로피인 배트를 쥐여 줘야 한다.

정답 말하겠습니다.

정답은……

'퀴즈' 입니다!

땡

니가 땡이다. 이건 오답을 가장한
힌트 투척일 뿐. 그러니 제발, 2층 님 제발,
정답을 떠올려줘, 그리고 말해ㅈ……

저…정답.

뭐지? 거기거 왜 니가 튀어나와? 눈치가 있으면 그럼 안 되지!
네가 맞춰버리면 일발역전은 산산조각 물거품이지!

넌센스 문제고… 우, 우리 모두가
정답을 알고 있는 '스무고개' 라면…

6층 님이 말했던 내용 중에 이미
정답이 나왔을 확률이 높으니까…

아, 죄송합니다. 생각
해보니 아닌 것 같아서…
패, 패스할게요

오해할 뻔 했잖아! 멋진 어시스트다! 1층 역시
나와 같은 의도를 가지고 있었다. 심지어
총정리까지 해서 2층에 답을 떠먹여 줬다.

꿀꺽-

거의 다 왔다. 딱 한 스탭 남았다. 제발 2층 님,
제발. 우리의 의도를 눈치채 주세요.
들이민 밥숟갈에 침만 뱉지 말아 주세요.

정답.

스무고개?

정답입니다.

이번 게임의 우승자는
2층 님 입니다.

마침내.
도달했다.

마침내, 2층의 손에 단죄의 둔기를 들려주었다.
남은 건 둔기를 휘두를 용기뿐.
그 용기로, 위층을 향한 혁명을……

아악! 귀!!

귀!! 귀!!!

그래, 고분고분하게.
벌칙을 수행했을 뿐이다.

하아-

하아-

하악-

하아-

그, 그러니까……

제 생각은…
그… 뭐냐면……

욕심 때문…아닐까요?
인간의 욕심은
끝이 없으니까…

그래요 답변
잘 들었어요

틀렸다곤 할 수 없지만 정답
이라고 해주기에도 너무 두루뭉술한
대답인 거, 학생도 알고 있죠?

양극화 구조하에
자정을 기대하기 힘든 이유는?

아… 네……

불평등 완화를 위한 선결 조건으로,
양측 모두에게 공정한 기회가 주어져야 한다.
까지는 모두 동의하실 겁니다.

하지만 자본주의 구조하에서
이러한 가치는 다만 이상론일 뿐인 게
아닐까, 라는 생각이 드네요.

예를 들어, 흔히 볼 수 있는
사용자-사용인의 갈등인
노동쟁의를 살펴볼까요?

단식투쟁

무기한크레인농성
협상이아니면죽음을

자본가, 즉 사용자는 이 쟁의의
협상 테이블에 기회비용 정도를
올려놓으면 되겠지만

노동자의 입장은 전혀 다르죠
그들은 삶을 영위할 생업, 좀 더 무겁게
말하자면 목숨을 걸어야 비로소
테이블에 앉을 자격을 얻으니까요.

즉 정리하자면,

2층과 6층. 둘 모두 딸이 있다.

제게는 지켜야 할
가정이 있습니다.

2층과 6층.
모두 딸을 사랑한다.

나한텐 딸이 있어…
많이 아픈……

여기까진 같다.

3F

다른 점은,
한쪽은 딸을 사랑하기에 게임을 계속 하고 싶어 하고
다른 한쪽은 딸을 사랑하기에 그만두고 싶어 한단 것

149,470,000

하지만 양극을 대표하는
이 두 사람의 쟁의가,
늘 위층의 의지관철로 끝나는 건.

배웠던 내용 그대로다.
6층은 잃어봤자 돈이지만
2층은 잃는 게 목숨이기 때문.

하루를 벌어 그 하루를 겨우 부지하는
그런 하루가 계속되면

사고가 미치는 거리도 '오늘/하루'로 짧아지게 된다.
미래를 설계할 의지도, 의미도 잃게 된다.

눈을 뜨고 있어야 먼 곳을 바라볼 수 있겠지만

아래층의 사정과는 상관없이 게임은 계속됐다.

주최측이 보기엔 나름 신선하고 다채로웠나 보다.

헤으응~

팡-

끼야아아아아악!!!

축하합니다.
우승자는 2층 님 입니다.

미안하다······

주최측도 이런 기획이 기특대견했던 듯
기꺼이 노력포인트를 하사해
시간은 차곡차곡 쌓여만 갔고

오늘은 업다운 게임이군요.
범위는 1부터 100. 정답을
먼저 맞추시는 분이 우승입니다.

윤고딕
27pt

아래층들은.
그만큼 차곡차곡.
죽어가고 있었다.

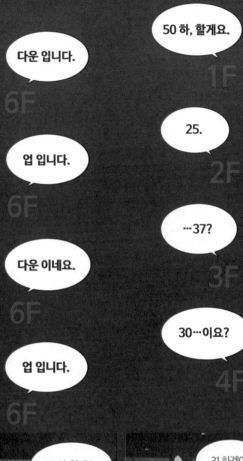

업. 입니다.

예?

이렇게 한참을 농락당한 후에야
정답이 자연수가 아니란걸 알게됐고.

정답) 32.5

성심으로 문제 출제를 하는 6층의 모습에서
그때 6층의 말이 진심이었단 걸
비로소 알 수 있었다.

지금 당장은 저희들이 원망스럽겠지만 참고 견뎌 주십시오.

훗날 쌓인 상금을 보면 분명 저희들에게 고마워할 것입니다.

158,220,000

그렇겠지……

니들은 잃을 게 없으니까……

잃는 건 없이 그저 덜 얻는 정도로 그칠 테니까.

당장 힘들고 배고 프다고 게임을 포기 해선 안 됩니다.

우선은 파이를 크게 키우는 데 총력을 기울여야 합니다.

그래야 니들이
가져갈 몫도 커지잖아.

맞는 말이다.
아래층을 갈아넣어 시간을
연장할수록 파이는 커져 가겠지.

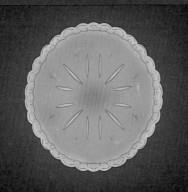

하지만 그 파이의 대부분을 가져갈 사람 또한
이미 정해져 있는것도

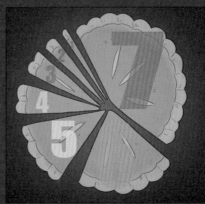

변하지 않는 사실이지.

사고는. 게임 시작 55일째 발생했다.

오늘 여러분들이 버신
코인의 합은 9개.

적어 제출해주신
코인의 총 개수는……

10개입니다.

우려했던 일이 현실이 됐다.

어…
어어……

적어낸 코인의 합이 번 코인의 개수보다 늘 같거나 적었기에.

룰에 따라, 오늘 버신
코인은 전량 회수하겠습니다.

'나 하나쯤 한 개 더 적어내도 되겠지.'
라는 모두의 소망이, 하필 타이밍 좋게,
한순간 한뜻으로 모아져

사고로 이어졌다.

수고 많으셨습니다.
오늘은 이만 해산하겠습니다.

이미 최악이라고 생각했다. 굶주림과 목마름은 만성이 되었고
불편과 비위생은 일상이 되었으니. 이보다 더 나빠질 수는 없다고 생각했다.

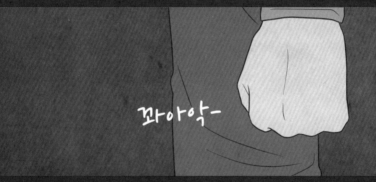

꽈아악-

하지만, 바닥 그 아래엔
바닥조차 없는 무저갱이 있었고

안 들려? 움직이라고!
빨리빨리!!

더이상 발을 디딜 곳도 손으로 움킬 것도 없는
동공에 빠진 사람들은

때린다? 안 움직이면
때린다 진짜?!

남은 희망 따윈 없단 걸 깨닫자
마침내 포기했다.

그리고 이 사람들. 포기한 자들이야말로
가진 자가 가장 두려워해 마땅한 사람들.

안 가는데요?
어…어떡하죠?

그러고 보니… 며칠간 식사도 제대로 못한 분이 계시는군요.

하지만, 이 검고 붉은 오라를 6층 또한 못 느꼈을 리 없기에

먼저 방으로 돌아가시는 두 분께는

격려의 의미로, 코인 하나씩을 무상 지급해 드리도록 하죠.

그는 친히, 공동에서 기어 올라갈 사다리를 던져 주었다.

다만 그 사다리의 디딤판이
동료의 머리로 만들어져 있단 건 또 다른 문제지만.

파이게임 2

초판 1쇄 발행 2024년 9월 27일

글 · 그림 | 배진수

펴낸이 | 김윤정
펴낸곳 | 글의온도
출판등록 | 2021년 1월 26일(제2021-000050호)
주소 | 서울시 종로구 삼봉로 81, 442호
전화 | 02-739-8950
팩스 | 02-739-8951
메일 | ondopubl@naver.com
인스타그램 | @ondopubl

Copyright ⓒ 2020. 배진수
Based on NAVER WEBTOON "파이게임"
ISBN 979-11-92005-54-6　　(04810)
　　979-11-92005-52-2 세트 (04810)

■ 이 책 내용의 일부 또는 전부를 재사용하려면
　 반드시 저작권자와 글의온도의 동의를 얻어야 합니다.
■ 잘못된 책은 구입하신 서점에서 교환해드립니다.